活著

余華

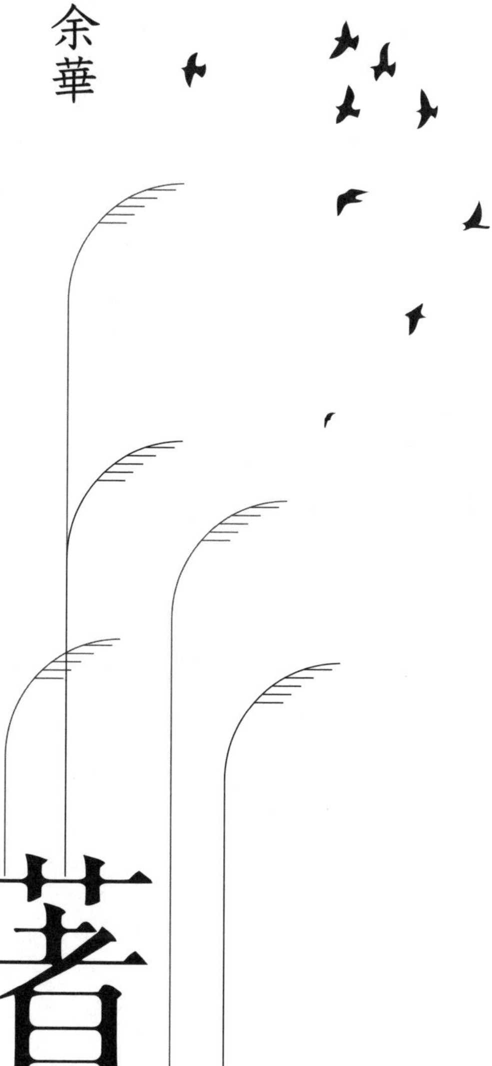

第六版自序

余華

麥田出版公司一九九四年首次出版《活著》，之後幾次改版，我伸出手指在書架上數出五個版本，這個應該是第六版。

《活著》是我在麥田出版的第一本書，此前的書是在遠流出版。二〇一一年台北書展期間，我再次見到遠流出版公司發行人王榮文先生，王先生對我說了一句話：如果《活著》當年是在遠流出版，那麼你的書都會留在遠流。確實如此，無論是在大陸和台灣，還是在出版過我作品的四十六個國家，除了少數幾個國家，基本上是《活著》在哪個出版公司，我的其他作品或者大部分作品也在那個出版公司。王榮文先生不知道，我曾經想離開麥田回到遠流，那是在陳雨航離開麥田之後，他把我的書帶到了遠流又帶到了麥田，然後他拂袖而去不再管我，於是我想回遠流了，我給麥田發行人凃玉雲發去一份傳真，要求結束《活著》的合約，也就是過去一個小時左右，凃小姐的電話來了，她聲音溫和地介紹了《活著》在台灣出版以後的情況，讓我覺得麥田沒有做錯什麼，而且做的很好，凃小姐的電話使我改變了主意，我決定留在麥田。

《活著》一九九四年初版到二〇二〇年第六版，二十六年的時間飛一樣過去了。從一九九〇年開始，我的書在台灣一直順利出版，爲此我要感謝五個人：把我的作品帶到台灣的陳雨航，麥田的凃玉雲和林秀梅，遠流的王榮文和游奇惠。

我寫作這篇序言的時候，新冠病毒正在襲擊我們，大陸已經控制住了，歐美卻開始了。爲了防範境外輸入病例，我在北京居住的社區至今仍然封閉，我有兩個月沒有出門。我站在窗前看到東四環上車輛多了起來，樓下枯黃的草木開始被綠色覆蓋，我知道生活正在小心翼翼走向正常，可是眞正意義上的正常生活仍在遠處，它還沒有向我們招手。

二〇二〇年三月二十三日

《活著》二十週年紀念版序言

余 華

我聽說過一個眞實的故事。一九八九年六月四日凌晨的北京，戒嚴部隊的坦克和軍車從四面八方向天安門廣場挺進，很多學生和市民前去阻攔，其中一個大學生身穿白衣白褲，衝上去將手中的石塊扔向軍車上的士兵，迎接他這個舉動的是一排掃向地面的子彈，子彈反彈後打斷了他的雙腿，他倒在血泊裡死去。然後他和其他死者躺在一起，等待家人前來認領。幾天以後，大學生的父親，一位解放軍的軍官來了，他看見死去兒子白色衣褲被鮮血染紅的情景時失聲痛哭。站在旁邊的一位戒嚴部隊的連長，十分同情這位軍官，悄聲問他：「是誤傷？還是暴徒？」在當時的政治環境下，如果兒子是誤傷，不會影響他在軍隊裡的升職；如果是暴徒，他就會受到牽連。他擦乾眼淚，堅定地說：「暴徒。」

這位軍官對自己的命運已經不在乎了。如果定性爲誤傷，是對兒子的侮辱，而定性爲暴徒，他相信有朝一日會獲得平反，那麼兒子就是英雄。

二十多年過去後，我不知道這位在天安門事件中失去兒子的父親是怎麼活過來的。我想他經歷了太多的痛苦委屈和太多的社會不公正之後，可能已經看破紅塵，也可能變得憤世嫉俗。他現在應該退休了，可能還在苦苦等待政府派人來告訴他，他的兒子是英雄；也可能根本就不相信政府說什麼了，他的兒子本來就是英雄。

這是另一個活著的故事。

二〇一二年十二月二十八日

《活著》麥田新版前言

余　華

今年是麥田出版公司成立十五年，《活著》中文繁體字出版十四年。麥田的林秀梅打來電話，告訴我，《活著》在台灣出版十四年來，每年加印，麥田決定出版《活著》的經典紀念版，希望我爲此作序。

我能寫下些什麼呢？往事如煙，可我記憶猶新。一九八九年的時候，當時還在遠流出版公司主持文學和電影出版的陳雨航來到北京，與我簽下了兩本小說集的中文繁體字出版合同。在台灣，是陳雨航發現了我，或者說是他把我的作品帶到了台灣。那些日子我們經常通信，我已經習慣了遠流出版公司的信封和陳雨航的筆跡，兩年多以後我收到了陳雨航的一封信，仍然是熟悉的筆跡，卻不是熟悉的遠流信封了。陳雨航告訴我，他辭職離開遠流了。差不多一年過去後，陳雨航和蘇拾平來到北京，我才知道他們成立了麥田出版公司。

《活著》是我在麥田出版的第一部小說，後來我全部的小說都在麥田出版了。十多年的同舟共濟以後，我很榮幸《活著》是麥田出版圖書中的元老。一九九四年初版時的編輯是陳雨航，二〇〇〇年改版後的編輯是林秀梅，二〇〇五年再次改版後的編輯是胡金倫，不知道這次經典版的編輯是誰？

我已經爲《活著》寫下過四篇前言，這是第五篇。回顧過去，我感覺自己長時期生活在現實和虛構的交界處，作家的生活可能就是如此，在現實和虛構之間來來去去，有時候現實會被虛構，有時候虛構突然成爲了現實。十五年前我在《活著》裡寫下了一個名叫福貴的人，現在當我回想這個福貴時，時常覺得他不是一個小說中的人物，而是我生活中曾經出現過的一位朋友。

一九九二年春節後，我在北京一間只有八平米的平房裡開始寫作《活著》，秋天的時候在上海華東師大招待所的一個房間裡修改定稿。最初的時候我是用旁觀者的角度來寫作福貴的一生，可是困難重重，我的寫作難以爲繼；有一天我突然從第一人稱的角度出發，讓福貴出來講述自己的生活，於是奇蹟出現了，同樣的構思，用第三人稱的方式寫作時無法前進，用第一人稱的方式寫作後竟然沒有任何阻擋，我十分順利地寫完了

《活著》。

也許這就是我們經常所說的命運。寫作和人生其實一模一樣，我們都是這個世界上的迷路者，我們都是按照自己認定的道路尋找方向，也許我們是對的，也許我們錯了，或者有時候對了，有時候錯了。在中國人所說的蓋棺論定之前，在古羅馬人所說的出生之前和死去之前，我們誰也不知道在前面的時間裡等待我們的是什麼？

爲何我當初的寫作突然從第三人稱的角度轉化爲第一人稱？現在，當寫作《活著》的經歷成爲過去，當我可以回首往事了，我寧願十分現實地將此理解爲一種人生態度的選擇，而不願去確認所謂命運的神祕藉口。爲什麼？因爲我得到了一個最爲樸素的答案。《活著》裡的福貴經歷了多於常人的苦難，如果從旁觀者的角度，福貴的一生除了苦難還是苦難，其他什麼都沒有；可是當福貴從自己的角度出發，來講述自己的一生時，他苦難的經歷裡立刻充滿了幸福和歡樂，他相信自己的妻子是世上最好的妻子，他相信自己的子女也是世上最好的子女，還有他的女婿他的外孫，還有那頭也叫福貴的老牛，還有曾經一起生活過的朋友們，還有生活的點點滴滴……

我在閱讀別人的作品時，有時候會影響自己的人生態度；而我自己寫下的作品，有時候也同樣會影響自己的人生態度。《活著》裡的福貴就讓我相信：生活是屬於每個人自己的感受，不屬於任何別人的看法。

我想，這可能是二十多年寫作給予我的酬謝。

二〇〇七年五月十五日

活著

我比現在年輕十歲的時候，獲得了一個遊手好閒的職業，去鄉間收集民間歌謠。那一年的整個夏天，我如同一隻亂飛的麻雀，遊蕩在知了和陽光充斥的村舍田野。我喜歡喝農民那種帶有苦味的茶水，他們的茶桶就放在田埂的樹下，我毫無顧忌地拿起漆滿茶垢的茶碗舀水喝，還把自己的水壺灌滿，與田裡幹活的男人說上幾句廢話，在姑娘因我而起的竊竊私笑裡揚長而去。我曾經和一位守著瓜田的老人聊了整整一個下午，這是我有生以來瓜吃得最多的一次，當我站起來告辭時，突然發現自己像個孕婦一樣步履艱難了。然後我與一位當上了祖母的女人坐在門檻上，她編著草鞋為我唱了一支〈十月懷胎〉。我最喜歡的是傍晚來到時，坐在農民的屋前，看著他們將提上的井水潑在地上，壓住蒸騰的塵土，夕陽的光芒在樹梢上照射下來，拿一把他們遞過來的扇子，嘗嘗他們和鹽一樣鹹的鹹菜，看看幾個年輕女人，和男人們說著話。

我頭戴寬邊草帽，腳上穿著拖鞋，一條毛巾掛在身後的皮帶上，讓它像尾巴似的拍打著我的屁股。我整日張大嘴巴打著呵欠，散漫地走在田間小道上，我的拖鞋吧噠吧噠，把那些小道弄得塵土飛揚，彷彿是車輪滾滾而過時的情景。

我到處遊蕩，已經弄不清楚哪些村莊我曾經去過，哪些我沒有去過。我走近一個村子時，常會聽到孩子的喊叫：

「那個老打呵欠的人又來啦。」

於是村裡人就知道那個會講葷故事會唱酸曲的人又來了。其實所有的葷故事所有的酸曲都是從他們那裡學來的，我知道他們全部的興趣在什麼地方，自然這也是我的興趣。我曾經遇到一個哭泣的老人，他鼻青眼腫地坐在田埂上，滿腹的悲哀使他變得十分激動，看到我走來他仰起臉哭聲更為響亮，我問他是誰把他打成這樣的，他手指挖著褲管上的泥巴，憤怒地告訴我是他那不孝的兒子，當我再問為何打他時，他支支吾吾說不清楚了，我就立刻知道他準是對兒媳幹了偷雞摸狗的勾當。還有一個晚上我打著手電趕夜路時，在一口池塘旁照到了兩段赤裸的身體，一段壓在另一段上面，我照著的時候兩段身體紋絲不動，只是有一隻手在大腿上輕輕搔癢，我趕緊熄滅手電離去。在農忙的一個中午，我走進一家敞開大門的房屋去找水喝，一個穿短褲的男人神色慌張地擋住了我，把我引到井旁，殷勤地替我打上來一桶水，隨後又像耗子一樣竄進了屋裡。這樣的事我屢見不鮮，差不多和我聽到的歌謠一樣多，當我望著到處都充滿綠色的土地時，我就會進一步明白莊稼為何長得如此旺盛。

那個夏天我還差一點談情說愛，我遇到了一位賞心悅目的農村女孩，她黝黑的臉蛋至今還在我眼前閃閃發光。我見到她時，她捲起褲管坐在河邊的青草上，擺弄著一根竹竿在照看一群肥碩的鴨子。這個十六、七歲的女孩，羞怯地與我共同度過了一個炎熱的下午，她每次露出笑容時都要深深地低下頭去，我看著她偷偷放下捲起的褲管，又怎樣將自己的光腳丫子藏到草叢裡去。那個下午我信口開河，向她兜售如何帶她外出遊玩的計畫，這個女孩又驚又喜。我當初情緒激昂，說這些也是眞心實意。我只是感到和她在一起身心愉快，也不去考慮以後會是怎樣。可是後來，當她三個強壯如牛的哥哥走過來時，我才嚇一跳，我感到自己應該逃之夭夭了，否則我就會不得不娶她爲妻。

我遇到那位名叫福貴的老人時，是夏天剛剛來到的季節。那天午後，我走到了一棵有著茂盛樹葉的樹下，田裡的棉花已被收起，幾個包著頭巾的女人正將棉稈拔出來，她們不時抖動著屁股摔去根鬚上的泥巴。我摘下草帽，從身後取過毛巾擦起臉上的汗水，身旁是一口在陽光下泛黃的池塘，我就靠著樹幹面對池塘坐了下來，緊接著我感到自己要睡覺了，就在青草上躺下來，把草帽蓋住臉，枕著背包在樹蔭裡閉上了眼睛。

這位比現在年輕十歲的我，躺在樹葉和草叢中間，睡了有兩個小時。其間有幾隻螞蟻爬到了我的腿上，我沉睡中的手指依然準確地將牠們彈走。後來彷彿是來到了水邊，一位老人撐著竹筏在遠處響亮地框喝。我從睡夢裡掙脫而出，框喝聲在現實裡清晰地傳來，我起身後，看到近旁田裡一個老人正在開導一頭老牛。

犁田的老牛或許已經深感疲倦，牠低頭佇立在那裡，後面赤裸著脊背扶犁的老人，對老牛的消極態度似乎不滿，我聽到他嗓音響亮地對牛說道：

「做牛耕田，做狗看家，做和尚化緣，做雞報曉，做女人織布，哪隻牛不耕田？這可是自古就有的道理，走呀，走呀。」

疲倦的老牛聽到老人的框喝後，彷彿知錯般的抬起了頭，拉著犁往前走去。

我看到老人的脊背和牛背一樣黝黑，兩個進入垂暮的生命將那塊古板的田地耕得嘩嘩翻動，猶如水面上掀起的波浪。隨後，我聽到老人粗啞卻令人感動的嗓音，他唱起了舊日的歌謠，先是咿呀啦呀唱出長長的引子，接著出現兩句歌詞——

皇帝招我做女婿，

路遠迢迢我不去。

因爲路途遙遠，不願去做皇帝的女婿。老人的自鳴得意讓我失聲而笑。可能是牛放慢了腳步，老人又框喝起來：

「二喜、有慶不要偷懶；家珍、鳳霞耕得好；苦根也行啊。」

一頭牛竟會有這麼多名字？我好奇地走到田邊，問走近的老人：

「這牛有多少名字？」

老人扶住犁站下來，他將我上下商量一番後問：

「你是城裡人吧？」

「是的。」我點點頭。

老人得意起來，「我一眼就看出來了。」

我說：「這牛究竟有多少名字？」

老人回答：「這牛叫福貴，就一個名字。」

「可你剛才叫了幾個名字。」

「噢——」老人高興地笑起來，他神祕地向我招招手，當我湊過去時，他欲說又止，他看到牛正抬著頭，就訓斥牠：

「你別偷聽，把頭低下。」

牛果然低下了頭，這時老人悄聲對我說：

「我怕牠知道只有自己在耕田，就多叫出幾個名字去騙牠，牠聽到還有別的牛也在耕田，就不會不高興，耕田也就起勁啦。」

老人黝黑的臉在陽光裡笑得十分生動，臉上的皺紋歡樂地游動著，裡面鑲滿了泥土，就如布滿田間的小道。

這位老人後來和我一起坐在了那棵茂盛的樹下，在那個充滿陽光的下午，他向我講述了自己。

四十多年前，我爹常在這裡走來走去，他穿著一身黑顏色的綢衣，總是把雙手背在身後，他出門時常對我娘說：

「我到自己的地上去走走。」

我爹走在自己的田產上，幹活的佃戶見了，都要雙手握住鋤頭恭敬地叫一聲：

「老爺。」

我爹走到了城裡，城裡人見了都叫他先生。我爹是很有身分的人，可他拉屎時就像個窮人了。他不愛在屋裡床邊的馬桶上拉屎，跟牲畜似的喜歡到野地裡去拉屎。每天到了傍晚的時候，我爹打著飽嗝，那聲響和青蛙叫喚差不多，走出屋去，慢吞吞地朝村口的糞缸走去。

走到了糞缸旁，他嫌缸沿髒，就抬腳踩上去蹲在上面。我爹年紀大了，屎也跟著老了，出來不容易，那時候我們全家人都會聽到他在村口嗷嗷叫著。

幾十年來我爹一直這樣拉屎，到了六十多歲還能在糞缸上一蹲就是半晌，那兩條腿就和鳥爪一樣有勁。我爹喜歡看著天色慢慢黑下來，罩住他的田地。我女兒鳳霞到了三、四歲，常跑到村口去看她爺爺拉屎，我爹畢竟年紀大了，蹲在糞缸上腿有些哆嗦，鳳霞就問他：

「爺爺，你爲什麼動呀？」

我爹說：「是風吹的。」

那時候我們家境還沒有敗落，我們徐家有一百多畝地，從這裡一直到那邊工廠的煙囪，都是我家的。我爹和我，是遠近聞名的闊老爺和闊少爺，我們走路時鞋子的聲響，都像是銅錢碰來撞去的。我女人家珍，是城裡米行老闆的女兒，她也是有錢人家出生的。有錢人嫁給有錢人，就是把錢堆起來，錢在錢上面嘩嘩地流，這樣的聲音我有四十年沒有聽到了。

我是我們徐家的敗家子，用我爹的話說，我是他的孽子。我唸過幾年私塾，穿長衫的私塾先生叫我唸一段書時，是我最高興的。我站起來，拿著本線裝的《千字文》，對私塾先生說：

「好好聽著，爹給你唸一段。」

年過花甲的私塾先生對我爹說：

「你家少爺長大了準能當個二流子。」

我從小就不可救藥，這是我爹的話。私塾先生說我是朽木不可雕也。現在想想他們都說對了，當初我可不這麼想，我想我有錢呵，我是徐家僅有的一根香火，我要是滅了，徐家就得斷子絕孫。

上私塾時我從來不走路，都是我家一個雇工背著我去，放學時他已經恭恭敬敬地彎腰蹲在那裡了，我騎上去後拍拍雇工的腦袋，說一聲：

「長根，跑呀。」

雇工長根就跑起來，我在上面一顛一顛的，像是一隻在樹梢上的麻雀。我說一聲：

「飛呀。」

長根就一步一跳，做出一副飛的樣子。

我長大以後喜歡往城裡跑，常常是十天半月不回家。我穿著白色的絲綢衣衫，頭髮抹得光滑透亮，往鏡子前一站，我看到自己滿腦袋的黑油漆，一副有錢人的樣子。

我愛往妓院鑽，聽那些風騷的女人整夜嘰嘰喳喳和哼哼哈哈，那些聲音聽上去像是在給我撓癢癢。做人呵，一旦嫖上以後，也就免不了要去賭。這個嫖和賭，就像是胳膊和肩膀連在一起，怎麼都分不開。後來我更喜歡賭博了，嫖妓只是爲了輕鬆一下，就跟水喝多了要去方便一下一樣，說白了就是撒尿。賭博就完全不一樣了，我是又痛快又緊張，特別是那個緊張，有一股教我說不出來的舒坦。以前我是過一天和尚撞一天鐘，整天有氣無力，每天早晨醒來犯愁的就是這一天該怎麼打發。我爹常常唉聲嘆氣，訓斥我沒有光耀祖宗。我心想光耀祖宗也不是非我莫屬，我對自己說：憑什麼讓我放著好端端的日子不過，去想光耀祖宗這些累人的事。再說我爹年輕時也和我一樣，我家祖上有兩百多畝地，到他手上一折騰就剩一百多畝了。我對爹說：

「你別犯愁啦，我兒子會光耀祖宗的。」

總該給下一輩留點好事吧。我娘聽了這話吃吃笑，她偷偷告訴我：我爹年輕時也這麼對我爺爺說過。我心想就是嘛，他自己幹不了的事硬要我來幹，我怎麼會答應。那時候我兒子有慶還沒出來，我女兒鳳霞剛好四歲。家珍懷著有慶有六個月了，自然有些難看，走路時褲襠裡像是夾了個饅頭似的一撇一撇，兩隻腳不往前往橫裡跨，我嫌棄她，對她說：

「妳呀，風一吹肚子就要大上一圈。」

家珍從不頂撞我，聽了這糟蹋她的話，她心裡不樂意也只是輕輕說一句：

「又不是風吹大的。」

自從我賭博上以後，我倒還眞想光耀祖宗了，想把我爹弄掉的一百多畝地掙回來。那些日子爹問我在城裡鬼混些什麼，我對他說：

「現在不鬼混啦，我在做生意。」

他問：「做什麼生意？」

他一聽就火了，他年輕時也這麼回答過我爺爺。他知道我是在賭博，脫下布鞋就朝我打來，我左躲右藏，心想他打幾下就該完了吧。可我這個平常只有咳嗽才有力氣的爹，竟然越打越凶了。我又不是一隻蒼蠅，讓他這麼拍來拍去。我一把捏住他的手，說道：

「爹，你他娘的算了吧。老子看在你把我弄出來的分上讓讓你，你他娘的就算了吧。」

我捏住爹的右手，他又用左手脫下右腳的布鞋，還想打我。我又捏住他的左手，這樣他就動彈不得了，他氣得哆嗦了半晌，才喊出一聲：

「孽子。」

我說：「去你娘的。」

雙手一推，他就跌坐到牆角裡去了。

我年輕時吃喝嫖賭，什麼浪蕩的事都幹過。我常去的那家妓院是單名，叫青樓。裡面有個胖胖的妓女很招我喜愛，她走路時兩片大屁股就像掛在樓前的兩只燈籠，晃來晃去。她躺到床上一動一動時，壓在上面的我就像睡在船上，在河水裡搖呀搖呀。我經常讓她背著我去逛街，我騎在她身上像是騎在一匹馬上。

我的丈人，米行的陳老闆，穿著黑色的綢衫站在櫃台後面。我每次從那裡經過時，都要揪住妓女的頭髮，讓她停下，脫帽向丈人致禮：

「近來無恙？」

我丈人當時的臉就和松花蛋一樣，我呢，嘻嘻笑著過去了。後來我爹說我丈人幾次都讓我氣病了，我對爹說：

「別哄我啦，你是我爹都沒氣成病。他自己生病憑什麼往我身上推？」

他怕我，我倒是知道的。我騎在妓女身上經過他的店門時，我丈人身手極快，像隻耗子呼地一下竄到裡屋去了。他不敢見我，可當女婿的路過丈人店門總該有個禮吧。我就大聲嚷嚷著向逃竄的丈人請安。

最風光的那次是小日本投降後，國軍準備進城收復失地。那天可真是熱鬧，城裡街道兩旁站滿了人，手裡拿著小彩旗，商店都斜著插出來青天白日旗，我丈人米行前還掛了一幅兩扇門板那麼大的蔣介石像，米行的三個伙計都站在蔣介石右邊的口袋下。

那天我在青樓裡賭了一夜，腦袋昏昏沉沉像是肩膀上扛了一袋米，我想著自己有半個來月沒回家了，身上的衣服一股酸臭味，我就把那個胖大妓女從床上拖起來，讓她背著我回家，叫了台轎子跟在後面，我到了家好讓她坐轎子回青樓。

那妓女嘟嘟噥噥背著我往城門走，說什麼雷公不打睡覺人，才睡下就被我叫醒，說我心腸黑。我把一個銀元往她胸口灌進去，就把她的嘴堵上了。走近了城門，一看到兩旁站了那麼多人，我的精神一下子上來了。

我丈人是城裡商會的會長，我很遠就看到他站在街道中央喊：

「都站好了，都站好了，等國軍一到，大家都要拍手，都要喊。」

有人看到了我，就嘻嘻笑著喊：

「來啦，來啦。」

我丈人還以爲是國軍來了，趕緊閃到一旁。我兩條腿像是夾馬似的夾了夾妓女，對她說：

「跑呀，跑呀。」

在兩旁人群的哄笑裡，妓女呼哧呼哧背著我小跑起來，嘴裡罵道：

「夜裡壓我，白天騎我，黑心腸的，你是逼我往死裡跑。」

我咧著嘴頻頻向兩旁哄笑的人點頭致禮，來到丈人近前，我一把扯住妓女的頭髮：

「站住，站住。」

妓女哎唷叫了一聲站住腳，我大聲對丈人說：

「岳父大人，女婿給你請個早安。」

那次我實實在在地把我丈人的臉丟盡了，我丈人當時傻站在那裡，嘴唇一個勁地哆嗦，半晌才沙啞地說一聲：

「祖宗，你快走吧。」

那聲音聽上去都不像是他的了。

我女人家珍當然知道我在城裡這些花花綠綠的事，家珍是個好女人，我這輩子能娶上這麼一個賢慧的女人，是我前世做狗吠叫了一輩子換來的。家珍對我從來都是逆來順受，我在外面胡鬧，她只是在心裡打鼓，從不說我什麼，和我娘一樣。

我在城裡鬧騰得實在有些過分，家珍心裡當然有一團亂麻，亂糟糟的不能安分。有一天我從城裡回到家中，剛剛坐下，家珍就笑盈盈地端出四樣菜，擺在我面前，又給我斟滿了酒，自己在我身旁坐下來侍候我吃喝。她笑盈盈的樣子讓我覺得奇怪，不知道她遇上了什麼好事，我左思右想也想不出這天是什麼日子。我問她，她不說，就是笑盈盈地看著我。

那四樣菜都是蔬菜，家珍做得各不相同，可吃到下面都是一塊差不多大小的豬肉。起先我沒怎麼在意，吃到最後一碗菜，底下又是一塊豬肉。我一愣，隨後我就嘿嘿笑了起來。我明白了家珍的意思，她是在開導我，女人看上去各不相同，到下面都是一樣的。我對家珍說：

「這道理我也知道。」

道理我也知道，看到上面長得不一樣的女人，我心裡想的就是不一樣，這實在是沒辦法的事。

家珍就是這樣一個女人，心裡對我不滿，臉上不讓我看出來，弄些轉彎抹角的點子來敲打我。我偏偏是軟硬不吃，我爹的布鞋和家珍的菜都管不住我的腿，我就是愛往城裡跑，愛往妓院鑽。還是我娘知道我們男人心裡想什麼，她對家珍說：

「男人都是饞嘴的貓。」

我娘說這話不只是為我開脫，還揭了我爹的老底。我爹坐在椅子裡，一聽這話眼睛就瞇成了兩條門縫，嘿嘿笑了一下。我爹年輕時也不檢點，他是老了幹不動了才老實起來。

我賭博時也在青樓，常玩的是麻將、牌九和骰子。我每賭必輸，越輸我越想把我爹年輕時輸掉的一百多畝地贏回來。剛開始輸了我當場給錢，沒錢就去偷我娘和家珍的手飾，連我女兒鳳霞的金項圈也偷了去。後來我乾脆賒帳，債主們都知道我的家境，讓我賒帳。自從賒帳以後，我就不知道自己輸了有多少，債主也不提醒我，暗地裡天天都在算計著我家那一百多畝地。

一直到解放以後，我才知道賭博的贏家都是做了手腳的，難怪我老輸不贏，他們是挖了個坑讓我往裡面跳。那時候青樓裡有一位沈先生，年紀都快到六十了，眼睛還和貓眼似的賊亮，穿著藍布長衫，腰板挺著畢直，平常時候總是坐在角落裡，閉著眼睛像是在打盹。等到牌桌上的賭注越下越大，沈先生才咳嗽幾聲，慢悠悠地走過來，選一位置站著看，看了一會便有人站起來讓位：

「沈先生，這裡坐。」

沈先生撩起長衫坐下，對另三位賭徒說：

「請。」

青樓裡的人從沒見到沈先生輸過，他那雙青筋突暴的手洗牌時，只聽到嘩嘩的風聲，那副牌在他手中忽長忽短，唰唰地進進出出，看得我眼睛都酸了。

有一次沈先生喝醉了酒，對我說：

「賭博全靠一雙眼睛一雙手，眼睛要練成爪子一樣，手要練成泥鰍那樣滑。」

小日本投降那年，龍二來了。龍二說話時南腔北調，光聽他的口音，就知道這人不簡單，是闖蕩過很多地方，見過大世面的人。龍二不穿長衫，一身白綢衣，和他同來的還有兩個人，幫他提著兩只很大的柳條箱。

那年沈先生和龍二的賭局，實在是精采，青樓的賭廳裡擠滿了人，沈先生和他們三個人賭。龍二身後站著一個跑堂的，托著一盤乾毛巾，龍二不時取過一塊毛巾擦手。他不拿濕毛巾拿乾毛巾擦手，我們看了都覺得稀奇。他擦手時那副派頭像是剛吃完了飯似的。起先龍二一直輸，他看上去還滿不在乎，倒是他帶來的兩個人沉不住氣，一個罵罵咧咧，一個唉聲嘆氣。沈先生一直贏，可臉上一點贏的意思都沒有，沈先生皺著眉頭，像是輸了很多似的。他腦袋垂著，眼睛卻跟釘子似的釘在龍二那雙手上。沈先生年紀大了，半個晚上賭下來，就開始喘粗氣，額頭上汗水滲了出來，沈先生說：

「一局定勝負吧。」

龍二從盤子裡取過最後一塊毛巾，擦著手說：

「行啊。」

他們把所有的錢都壓在了桌上，錢差不多把桌面占滿了，只有中間留個空。每個人發了五張牌，亮出四張後，龍二的兩個夥伴立刻洩氣了，把牌一推說：

「完啦，又輸了。」

龍二趕緊說：「沒輸，你們贏啦。」

說著龍二亮出最後那張牌，是黑桃A，他的兩個夥伴一看立刻嘿嘿笑了。其實沈先生最後那張牌也是黑桃A，他是三A帶兩K，龍二一個夥伴是三Q帶兩L。龍二搶先亮出了黑桃A，沈先生怔了半晌，才把手中的牌一收說：

「我輸了。」

龍二的黑桃A和沈先生的都是從袖管裡換出來的。一副牌不能有兩張黑桃A，龍二搶了先，沈先生心裡明白也只能認輸。那是我們第一次看到沈先生輸，沈先生手推桌子站起來，向龍二他們作了個揖，轉過身來往外走，走到門口微笑著說：

「我老了。」

後來再沒人見過沈先生，聽說那天天剛亮，他就坐著轎子走了。

沈先生一走，龍二成了這裡的賭博師傅。龍二和沈先生不一樣，沈先生是只贏不輸，龍二是賭注小常輸，賭注大就沒見他輸過了。我在青樓常和龍二他們賭，有輸有贏，所以我總覺得自己沒怎麼輸，其實我贏的都是小錢，輸掉的倒是大錢，我還蒙在鼓裡，以爲自己馬上就要光耀祖宗了。

我最後一次賭博時，家珍來了，那時候天都快黑了，這是家珍後來告訴我的，我當初根本不知道天是亮著還是要黑了。家珍挺了個大肚子找到青樓來了，我兒子有慶在他娘肚子裡長到七、八個月了。家珍找到了我，一聲不吭地跪在我面前，起先我沒看到她，那天我手氣特別好，擲出的骰子十有八九是我要的點數，坐在對面的龍二一看點數嘿嘿一笑說：

「兄弟我又栽了。」

龍二摸牌把沈先生贏了之後，青樓裡沒人敢和他摸牌了，我也不敢，我和龍二賭都是用骰子，就是骰子龍二玩得也很地道，他常贏少輸，可那天他栽到我手裡了，接連地輸給我。他嘴裡叼著菸捲，眼睛瞇縫著像是什麼事都沒有，每次輸了都還嘿嘿一笑，兩條瘦胳膊把錢推過來時卻是一百個不願意。我想龍二你也該慘一次了。人都是一樣的，手伸進別人口袋裡掏錢時那個眉開眼笑，輪到自己給錢了一個個都跟哭喪一樣。我正高興著，有人扯了扯我的衣服，低頭一看是自己的女人。看到家珍跪著我就火了，心想我兒子還沒出來就跪著了，這太不吉利。我就對家珍說：

「起來，起來，妳他娘的給我起來。」

家珍還真聽話，立刻站了起來。我說：

「妳來幹什麼？還不快給我回去。」

說完我就不管她了，看著龍二將骰子捧在手心裡跟拜佛似的搖了幾下，他一擲出臉色就難看了，說道：

「摸過女人屁股就是手氣不好。」

我一看自己又贏了，就說：

「龍二，你去洗洗手吧。」

龍二嘿嘿一笑，說道：

「你把嘴巴子抹乾淨了再說話。」

家珍又扯了扯我的衣服，我一看，她又跪到地上了。家珍細聲細氣地說：

「你跟我回去。」

要我跟一個女人回去？家珍這不是存心出我的醜？我的怒氣一下子上來了，我看看龍二他們，他們都笑著看我，我對家珍吼道：

「妳給我滾回去。」

家珍還是說：「你跟我回去。」

我給了她兩巴掌，家珍的腦袋像是撥浪鼓那樣搖晃了幾下。挨了我的打，她還是跪在那裡，說：

「你不回去，我就不站起來。」

現在想起來教我心疼啊，我年輕時眞是個烏龜王八蛋。這麼好的女人，我對她又打又踢。我怎麼打她，她就是跪著不起來，打到最後連我自己都覺得沒趣了，家珍頭髮披散眼淚汪汪地捂著臉。我就從贏來的錢裡抓出一把，給了旁邊站著的兩個人，讓他們把家珍拖出去，我對他們說：

「拖得越遠越好。」

家珍被拖出去時，雙手緊緊捂著凸起的肚子，那裡面有我的兒子呵。家珍沒喊沒叫，被拖到了大街上，那兩個人扔開她後，她就扶著牆壁站起來，那時候天完全黑了，她一個人慢慢往回走。後來我問她，她那時是不是恨死我了，她搖搖頭說：

「沒有。」

我的女人抹著眼淚走到她爹米行門口，站了很長時間，她看到她爹的腦袋被煤油燈的亮光印在牆上，她知道他是在清點帳目。她站在那裡嗚嗚哭了一會，就走開了。

家珍那天晚上走了十多里夜路回到了我家。她一個孤身女人，又懷著七個多月的有慶，一路上到處都是狗吠，下過一場大雨的路又坑坑窪窪。

早上幾年的時候，家珍還是一個女學生。那時候城裡有夜校了，家珍穿著月白色的旗袍，提著一盞小煤油燈，和幾個女伴去上學。我是在拐彎處看到她，她一扭一扭地走過來，高跟鞋敲在石板路上，滴滴答答像是在下雨，我眼睛都看得不會動了，家珍那時候長得可真漂亮，頭髮齊齊地掛到耳根，走路時旗袍在腰上一皺一皺，我當時就在心裡想，我要她做我的女人。

家珍她們嘻嘻說著話走過去後，我問一個坐在地上的鞋匠：

「那是誰家的女兒？」

鞋匠說：「是陳記米行的千金。」

我回家後馬上對我娘說：

「快去找個媒人，我要把城裡米行陳老闆的女兒娶過來。」

家珍那天晚上被拖走後，我就開始倒楣了，連著輸了好幾把，眼看著桌上小山坡一樣堆起的錢，像洗腳水倒了出去。龍二嘿嘿笑個不停，那張臉都快笑爛了。那次我一直賭到天亮，賭得我頭暈眼花，胃裡直往嘴上冒臭氣。最後一把我押上了平生最大的賭注，用唾沫洗洗手，心想千秋功業全在此一擲了。我正要去抓骰子，龍二伸手擋了擋說：

「慢著。」

龍二向一個跑堂揮揮手說：

「給徐家少爺拿塊熱毛巾來。」

那時候旁邊看賭的人全回去睡覺了，只剩下我們幾個賭的，另兩個人是龍二帶來的。我是後來才知道龍二買通了那個跑堂，那跑堂將熱毛巾遞給我，我拿著擦臉時，龍二偷偷換了一副骰子，換上來的那副骰子龍二做了手腳。我一點都沒察覺，擦完臉我把毛巾往盤子裡一扔，拿起骰子拚命搖了三下，擲出去一看，還好，點數還挺大的。

輪到龍二時，龍二將那顆骰子放在七點上，這小子伸出手掌使勁一拍，喊了一聲：

「七點。」

那顆骰子裡面挖空了灌上水銀，龍二這麼一拍，水銀往下沉，抓起一擲，一頭重了滾幾下就會停在七點上。

我一看那顆骰子果然是七點，腦袋嗡的一下，這次輸慘了。繼而一想反正可以賒帳，日後總有機會贏回來，便寬了寬心，站起來對龍二說：

「先記上吧。」

龍二擺擺手讓我坐下，他說：

「不能再讓你賒帳了，你把你家一百多畝地全輸光了。再賒帳，你拿什麼來還？」

我聽後一個呵欠沒打完猛地收回，連聲說：

「不會，不會。」

龍二和另兩個債主就拿出帳簿，一五一十給我算起來，龍二拍拍我湊過去的腦袋，對我說：

「少爺，看清楚了嗎？這可都是你簽字畫押的。」

我才知道半年前就欠上他們了，半年下來我把祖輩留下的家產全輸光了。算到一半，我對龍二說：

「別算了。」

我重新站起來，像隻瘟雞似的走出了青樓，那時候天完全亮了，我就站在街上，都不知道該往哪裡走。有一個提著一籃豆腐的熟人看到我後響亮地喊了一聲：

「早啊，徐家少爺。」

他的喊聲嚇了我一跳，我呆呆地看著他。他笑咪咪地說：

「瞧你這樣子，都成藥渣了。」

他還以為我是被那些女人給折騰的，他不知道我破產了，我和一個雇工一樣窮了。

我苦笑著看他走遠，心想還是別在這裡站著，就走動起來。

我走到丈人米行那邊時，兩個伙計正在卸門板，他們看到我後嘻嘻笑了一下，以爲我又會過去向我丈人大聲請安。我哪還有這個膽量？我把腦袋縮了縮，貼著另一端的房屋趕緊走了過去。我聽到老丈人在裡面咳嗽，接著呸的一聲一口痰吐在了地上。

我就這樣迷迷糊糊地走到了城外，有一陣子我竟忘了自己輸光家產這事，腦袋裡空空蕩蕩，像是被捅過的馬蜂窩。到了城外，看到那條斜著伸過去的小路，我又害怕了，我想接下去該怎麼辦呢？我在那條路上走了幾步，走不動了，看看四周都看不到人影，我想拿根褲帶吊死算啦。這麼想著我又走動起來，走過了一棵榆樹，我只是看一眼，根本就沒打算去解褲帶。其實我不想死，只是找個法子與自己賭氣。我想著那一屁股債又不會和我一起吊死，就對自己說：

「算啦，別死啦。」

這債是要我爹去還了，一想到爹，我心裡一陣發麻，這下他還不把我給揍死？我邊走邊想，怎麼想都是死路一條了，還是回家去吧。被我爹揍死，總比在外面像野狗一樣吊死強。

就那麼一會兒工夫，我瘦了整整一圈，眼都青了，自己還不知道，回到了家裡，我娘一看到我就驚叫起來，她看著我的臉問：

「你是福貴嗎？」

我看著娘的臉苦笑地點點頭，我聽到娘一驚一咋地說著什麼，我不再看她，推門走到了自己屋裡，正在梳頭的家珍看到我也吃了一驚，她張嘴看著我。一想到她昨晚來勸我回家，我卻對她又打又踢，我就噗通一聲跪在她面前，對她說：

「家珍，我完蛋啦。」

說完我就嗚嗚地哭了起來，家珍慌忙來扶我，她懷著有慶哪能把我扶起來？她就叫我娘。兩個女人一起把我抬到床上，我躺到床上就口吐白沫，一副要死的樣子，可把她們嚇壞了，又是搥肩又是搖我的腦袋，我伸手把她們推開，對她們說：

「我把家產輸光啦。」

我娘聽了這話先是一愣，她使勁看看我後說：

「你說什麼？」

我說：「我把家產輸光啦。」

我那副模樣讓她信了，我娘一屁股坐到了地上，抹著眼淚說：

「上梁不正下梁歪啊。」

我娘到那時還在心疼我，她沒怪我，倒是去怪我爹。

家珍也哭了，她一邊替我捶背一邊說：

「只要你以後不賭就好了。」

我輸了個精光，以後就是想賭也沒本錢了。我聽到爹在那邊屋子裡罵罵咧咧，他還不知道自己是窮光蛋了，他嫌兩個女人的哭聲吵他。聽到我爹的聲音，我娘就不哭了，她站起來走出去，家珍也跟了出去。我知道她們到我爹屋子裡去了，不一會我就聽到爹在那邊喊叫起來：

「孽子。」

這時我女兒鳳霞推門進來，又搖搖晃晃地把門關上。鳳霞尖聲細氣地對我說：

「爹，你快躲起來，爺爺要來揍你了。」

我一動不動地看著她，鳳霞就過來拉我的手，拉不動我她就哭了。看著鳳霞哭，我心裡就跟刀割一樣。鳳霞這麼小的年紀就知道護著她爹，就是看著這孩子，我也該千刀萬剮。

我聽到爹氣沖沖地走來了，他喊著：

「孽子，我要剮了你，閹了你，剁爛了你這烏龜王八蛋。」

我想爹你就進來吧，你就把我剁爛了吧。可我爹走到門口，身體一晃就摔到地上氣昏過去了。我娘和家珍叫叫嚷嚷地把他扶起來，扶到他自己的床上。過了一會，我聽到爹在那邊像是吹嗩吶般地哭上了。

我爹在床上一躺就是三天，第一天他嗚嗚地哭，後來他不哭了，開始嘆息，一聲聲傳到我這裡，我聽到他哀聲說著：

「報應呵，這是報應。」

第三天，我爹在自己屋裡接待客人，他響亮地咳嗽著，一旦說話時聲音又低得聽不到。到了晚上的時候，我娘走過來對我說，爹叫我過去。我從床上起來，心想這下非完蛋不可，我爹在床上歇了三天，他有力氣來宰我了，起碼也把我揍個半死不活。我對自己說，任憑爹怎麼揍我，我也不要還手。我向爹的房間走去時一點力氣都沒有，身體軟綿綿，兩條腿像是假的。我進了他的房間，站在我娘身後，偷偷看著他躺在床上的模樣，他睜圓了眼睛看著我，白鬍鬚一抖一抖，他對我娘說：

「妳出去吧。」

我娘從我身旁走了出去，她一走我心裡是一陣發虛，說不定他馬上就會從床上蹦起來和我拚命。他躺著沒有動，胸前的被子都滑出去掛在地上了。

「福貴呵。」

爹叫了我一聲，他拍拍床沿說：

「你坐下。」

我心裡咚咚跳著在他身旁坐下來，他摸到了我的手，他的手和冰一樣，一直冷到我心裡。爹輕聲說：

「福貴啊，賭債也是債，自古以來沒有不還債的道理。我把一百多畝地，還有這房子都抵押出去了，明天他們就會送銅錢來。我老了，挑不動擔子了，你就自己挑著錢去還債吧。」

爹說完後又長嘆一聲，聽完他的話，我眼睛裡酸溜溜的，我知道他不會和我拚命了，可他說的話就像是一把鈍刀子在割我的脖子，腦袋掉不下來，倒是疼得死去活來。

爹拍拍我的手說：

「你去睡吧。」

第二天一早，我剛起床就看到四個人進了我家院子，走在頭裡的是個穿綢衣的有錢人，他朝身後穿粗布衣服的三個挑夫擺擺手說：

「放下吧。」

三個挑夫放下擔子撩起衣角擦臉時，那有錢人看著我喊的卻是我爹：

「徐老爺，你要的貨來了。」

我爹拿著地契和房契連連咳嗽著走出來，他把房地契遞過去，向那人哈哈腰說：

「辛苦啦。」

那人指著三擔銅錢，對我爹說：

「都在這裡了，你數數吧。」

我爹全沒有了有錢人的派頭，他像個窮人一樣恭敬地說：

「不用，不用，進屋喝口茶吧。」

那人說：「不必了。」

說完，他看看我，問我爹：

「這位是少爺吧？」

我爹連連點頭，他朝我嘻嘻一笑，說道：

「送貨時採些南瓜葉子蓋在上面，可別讓人搶了。」

這天開始，我就挑著銅錢走十多里路進城去還債。銅錢上蓋著的南瓜葉是我娘和家珍去採的，鳳霞看到了也去採，她挑最大的採了兩張，蓋在擔子上，我把擔子挑起來準備走，鳳霞不知道我是去還債，仰著臉問：

「爹，你是不是又要好幾天不回家了？」

我聽了這話鼻子一酸，差點掉出眼淚來，挑著擔子趕緊往城裡走。到了城裡，龍二看到我挑著擔子來了，親熱地喊一聲：

「來啦，徐家少爺。」

我把擔子放在他跟前，他揭開瓜葉時皺皺眉，對我說：

「你這不是自找苦吃，換些銀元多省事。」

我把最後一擔銅錢挑去後，他就不再叫我少爺，他點點頭說：

「福貴，就放這裡吧。」

倒是另一個債主親熱些，他拍拍我的肩說：

「福貴，去喝一壺。」

龍二聽後忙說：「對，對，喝一壺，我來請客。」

我搖搖頭，心想還是回家吧。一天下來，我的綢衣磨破了，肩上的皮肉滲出了血。

我一個人往家裡走去，走走哭哭，哭哭走走。想想自己才挑了一天的錢就累得人都要散架了，祖輩掙下這些錢不知要累死多少人。到這時我才知道爹爲什麼不要銀元偏要銅錢，他就是要我知道這個道理，要我知道錢來得千難萬難。這麼一想，我都走不動路了，在道旁蹲下來哭得腰裡直抽搐。那時我家的老雇工，就是小時候背我去私塾的長根，背著個破包裹走過來。他在我家幹了幾十年，現在也要離開了。他很小就死了爹娘，是我爺爺帶回家來的，以後也一直沒娶女人。他和我一樣眼淚汪汪，赤著皮肉裂開的腳走過來，看到我蹲在路邊，他叫了一聲：

「少爺。」

我對他喊：「別叫我少爺，叫我畜生。」

他搖搖頭說：「要飯的皇帝也是皇帝，你沒錢了也還是少爺。」

一聽這話我剛擦乾淨臉眼淚又下來了，他也在我身旁蹲下來，捂著臉嗚嗚地哭上了。我們在一起哭了一陣後，我對他說：

「天快黑了，長根你回家去吧。」

長根站了起來，一步一步地走開去，我聽到他嗡嗡地說：

「我哪還有什麼家呀？」

我把長根也害了，看著他孤身一人走去，我心裡是一陣一陣的酸痛。直到長根走遠看不見了，我才站起來往家走，我到家的時候天已經黑了。家裡原先的雇工和女傭都已經走了，我娘和家珍在灶間一個燒火一個做飯，我爹還在床上躺著，只有鳳霞還和往常一樣高興，她還不知道從此以後就要受苦受窮了。她蹦蹦跳跳走過來，撲到我腿上問我：

「為什麼他們說我不是小姐了？」

我摸摸她的小臉蛋，一句話也說不出來，好在她沒再往下問，她用指甲刮起了我褲子上的泥巴，高興地說：

「我在給你洗褲子呢。」

到了吃飯的時候，我娘走到爹的房門口問他：

「給你把飯端進來吧？」

我爹說：「我出來吃。」

我爹三根指頭執著一盞煤油燈從房裡出來，燈光在他臉上一閃一閃，那張臉半明半暗，他弓著背咳嗽連連。爹坐下後問我：

「債還清了？」

我低著頭說：「還清了。」

我爹說：「這就好，這就好。」

他看到了我的肩膀，又說：

「肩膀也磨破了。」

我沒有作聲，偷偷看看我娘和家珍，她們兩個都淚汪汪地看著我的肩膀。爹慢吞吞地吃起了飯，才吃了幾口就將筷子往桌上一放，把碗一推，他不吃了。過一會，爹說道：

「從前，我們徐家的老祖宗不過是養了一隻小雞，雞養大後變成了鵝，鵝養大了變成了羊，再把羊養大，羊就變成了牛。我們徐家就是這樣發起來的。」

爹的聲音裡嘶嘶的，他頓了頓又說：

「到了我手裡，徐家的牛變成了羊，羊又變成了鵝。傳到你這裡，鵝變成了雞，現在是連雞也沒啦。」

爹說到這裡嘿嘿笑了起來，笑著笑著就哭了。他向我伸出兩根指頭：

「徐家出了兩個敗家子啊。」

沒出兩天，龍二來了。龍二的模樣變了，他嘴裡鑲了兩顆金牙，咧著大嘴巴嘻嘻笑著。他買去了我們抵押出去的房產和地產，他是來看看自己的財產。龍二用腳踢踢牆基，又將耳朵貼在牆上，伸出巴掌拍拍，連聲說：

「結實，結實。」

龍二又到田裡去轉了一圈，回來後向我和爹作揖說道：

「看著那綠油油的地，心裡就是踏實。」

龍二一到，我們就要從幾代居住的屋子裡搬出去，搬到茅屋裡去住。搬走那天，我爹雙手背在身後，在幾個房間踱來踱去，末了對我娘說：

「我還以爲會死在這屋子裡。」

說完，我爹拍拍綢衣上的塵土，伸了伸脖子跨出門檻。我爹像往常那樣，雙手背在身後慢悠悠地向村口的糞缸走去。那時候天正在黑下來，有幾個佃戶還在地裡幹著活，他們都知道我爹不是主人了，還是握住鋤頭叫了一聲：

「老爺。」

我爹輕輕一笑，向他們擺擺手說：

「不要這樣叫。」

我爹已不是走在自己的地產上了，兩條腿哆嗦著走到村口，在糞缸前站住腳，四下裡望了望，然後解開了褲帶，蹲了上去。

那天傍晚我爹拉屎時不再叫喚，他瞇縫著眼睛往遠處看，看著那條向城裡去的小路慢慢變得不清楚。一個佃戶在近旁俯身割菜，他直起腰後，我爹就看不到那條小路了。

我爹從糞缸上摔了下來，那佃戶聽到聲音急忙轉過身來，看到我爹斜躺在地上，腦袋靠著糞缸一動不動。佃戶提著鐮刀跑到我爹跟前，問他：

「老爺你沒事吧？」

我爹動了動眼皮，看著佃戶嘶啞地問：

「你是誰家的？」

佃戶俯下身去說：

「老爺，我是王喜。」

我爹想了想後說：

「噢，是王喜。王喜，下面有塊石頭，硌得我難受。」

王喜將我爹的身體翻了翻，摸出一塊拳頭大的石頭扔到一旁，我爹重又斜躺在那裡，輕聲說：

「這下舒服了。」

王喜問：「我扶你起來？」

我爹搖搖頭，喘息著說：

「不用了。」

隨後我爹問他：

「你先前看到過我掉下來沒有？」

王喜搖搖頭說：

「沒有，老爺。」

我爹像是有些高興，又問：

「第一次掉下來？」

王喜說：「是的，老爺。」

我爹嘿嘿笑了幾下，笑完後閉上了眼睛，脖子一歪，腦袋順著糞缸滑到了地上。

那天我們剛搬到了茅屋裡，我和娘在屋裡收拾著，鳳霞高高興興地也跟著收拾東西，她不知道從此以後就要受苦了。家珍端著一大盆衣服從池塘邊走上來，遇到了跑來的王喜，王喜說：

「少奶奶，老爺像是熟了。」

我們在屋裡聽到家珍在外面使勁喊：

「娘，福貴，娘……」

沒喊幾聲，家珍就在那裡嗚嗚地哭上了。那時我就想著是爹出事了，我跑出屋看到家珍站在那裡，一大盆衣服全掉在了地上。家珍看到我叫著：

「福貴，是爹……」

我腦袋嗡的一下，拚命往村口跑，跑到糞缸前時我爹已經斷氣了，我又推又喊，我爹就是不理我，我不知道該怎麼辦，站起來往回看，看到我娘扭著小腳又哭又喊地跑來，家珍抱著鳳霞跟在後面。

我爹死後，我像是染上了瘟疫一樣渾身無力，整日坐在茅屋前的地上，一會兒眼淚汪汪，一會兒唉聲嘆氣。鳳霞時常陪我坐在一起，她玩著我的手問我：

「爺爺掉下來了？」

看到我點點頭，她又問：

「是風吹的嗎？」

我娘和家珍都不敢怎麼大聲哭，她們怕我想不開，也跟著爹一起去了。有時我不小心碰著什麼，她們兩人就會嚇一跳，看到我沒像爹那樣摔倒在地，她們才放心地問我：

「沒事吧。」

那幾天我娘常對我說：

「人只要活得高興，窮也不怕。」

她是在寬慰我，她還以為我是被窮折騰成這樣的，其實我心裡想著的是我死去的爹。我爹死在我手裡了，我娘和家珍，還有鳳霞卻要跟著我受活罪。

我爹死後十天，我丈人來了，他右手提著長衫臉色鐵青地走進了村裡，後面是一台披紅戴綠的花轎，十來個年輕人敲鑼打鼓擁在兩旁。村裡人見了都擠上去看，以為是誰家娶親嫁女，都說怎麼先前沒聽說過，有一個人問我丈人：

「是誰家的喜事？」

我丈人板著臉大聲說：

「我家的喜事。」

那時我正在我爹墳前，我聽到鑼鼓聲抬起頭來，看到我丈人氣沖沖地走到我家茅屋前，他朝後面擺擺手，花轎放在了地上，鑼鼓息了。當時我就知道他是要接家珍回去，我心裡咚咚亂跳，不知道該怎麼辦！

我娘和家珍聽到響聲從屋裡出來，家珍叫了聲：

「爹。」

我丈人看看他女兒，對我娘說：

「那畜生呢？」

我娘陪著笑臉說：

「你是說福貴吧？」

「還會是誰。」

我丈人的臉轉了過來，看到了我，他向我走了兩步，對我喊：

「畜生，你過來。」

我站著沒有動，我哪敢過去。我丈人揮著手向我喊：

「你過來，你這畜生，怎麼不來向我請安了？畜生你聽著，你當初是怎麼娶走家珍的，我今日也怎麼接她回去。你看看，這是花轎，這是鑼鼓，比你當初娶親時只多不少。」

喊完以後，我丈人回頭對家珍說：

「妳快進屋去收拾一下。」

家珍站著沒動，叫了一聲：

「爹。」

我丈人使勁跺了下腳說：

「還不快去。」

家珍看看站在遠處地裡的我，轉身進屋了。我娘這時眼淚汪汪地對他說：

「行行好，讓家珍留下吧。」

我丈人朝我娘擺擺手，又轉過身來對我喊：

「畜生，從今以後家珍和你一刀兩斷，我們陳家和你們徐家永不往來。」

我娘的身體彎下去求他：

「求你看在福貴他爹的分上，讓家珍留下吧。」

我丈人衝著我娘喊：

「他爹都讓他氣死啦。」

喊完我丈人自己也覺得有些過分，便緩一下口氣說：

「妳也別怪我心狠，都是那畜生胡來才會有今天。」

說完丈人又轉向我，喊道：

「鳳霞就留給你們徐家，家珍肚裡的孩子就是我們陳家的人啦。」

我娘站在一旁嗚嗚地哭，她抹著眼淚說：

「這讓我怎麼去向徐家祖宗交代。」

家珍提了個包裹走了出來，我丈人對她說：

「上轎。」

家珍扭頭看看我，走到轎子旁又回頭看了看我，再看看我娘，鑽進了轎子。這時鳳霞不知從哪裡跑了出來，一看到她娘坐上轎子了，她也想坐進去，她半個身體才進轎子，就被家珍的手推了出來。

我丈人向轎夫揮了揮手，轎子被抬了起來，家珍在裡面大聲哭起來，我丈人喊道：

「給我往響裡敲。」

十來個年輕人拚命地敲響了鑼鼓，我就聽不到家珍的哭聲了。轎子上了路，我丈人手提長衫和轎子走得一樣快。我娘扭著小腳，可憐巴巴地跟在後面，一直跟到村口才站住。

這時鳳霞跑了過來，她睜大眼睛對我說：

「爹，娘坐上轎子啦。」

鳳霞高興的樣子教我看了難受，我對她說：

「鳳霞，妳過來。」

鳳霞走到我身邊，我摸著她的臉說：

「鳳霞，妳可不要忘記我是你爹。」

鳳霞聽了這話咯咯笑起來，她說：

「你也不要忘記我是鳳霞。」

福貴說到這裡看著我嘿嘿笑了，這位四十年前的浪子，如今赤裸著胸膛坐在青草上，陽光從樹葉的縫隙裡照射下來，照在他瞇縫的眼睛上。他腿上沾滿了泥巴，刮光了的腦袋上稀稀疏疏地鑽出來些許白髮，胸前的皮膚皺成一條一條，汗水在那裡起伏著流下來。此刻那頭老牛蹲在池塘泛黃的水中，只露出腦袋和一條長長的脊梁，我看到池水猶如拍岸一樣拍擊著那條黝黑的脊梁。

這位老人是我最初遇到的，那時候我剛剛開始那段漫遊的生活，我年輕無憂無慮，每一張新的臉都會使我興致勃勃，一切我所不知的事物都會深深吸引我。就是在這樣的時刻，我遇到了福貴，他繪聲繪色地講述自己，從來沒有過一個人像他那樣對我全盤托出，只要我想知道的，他都願意展示。

和福貴相遇，使我對以後收集民謠的日子充滿快樂的期待，我以爲那塊肥沃茂盛的土地上福貴這樣的人比比皆是。在後來的日子裡，我確實遇到了許多像福貴那樣的老人，他們穿得和福貴一樣的衣褲，褲襠都快耷拉到膝蓋了。他們臉上的皺紋裡積滿了陽光和泥土，他們向我微笑時，我看到空洞的嘴裡牙齒所剩無幾。他們時常流出混濁的眼淚，這倒不是因爲他們時常悲傷，他們在高興時甚至是在什麼事都沒有的平靜時刻，也會淚流而出，然後舉起和鄉間泥路一樣粗糙的手指，擦去眼淚，如同彈去身上的稻草。

可是我再也沒遇到一個像福貴這樣令我難忘的人了，對自己的經歷如此清楚，又能如此精采地講述自己。他是那種能夠看到自己過去模樣的人，他可以準確地看到自己年輕時走路的姿態，甚至可以看到自己是如何衰老的。這樣的老人在鄉間實在難以遇上，也許是困苦的生活損壞了他們的記憶，面對往事他們通常顯得木訥，常常以不知所措的微笑搪塞過去。他們對自己的經歷缺乏熱情，彷彿是道聽塗說般的只記得零星幾點，即便是這零星幾點也都是自身之外的記憶，用一、兩句話表達了他們所認爲的一切。在那裡，我常常聽到後輩們這樣罵他們：

「一大把年紀全活到狗身上去了。」

福貴就完全不一樣了，他喜歡回想過去，喜歡講述自己，似乎這樣一來，他就可以一次一次地重度此生了。他的講述像鳥爪抓住樹枝那樣緊緊抓住我。

家珍走後，我娘時常坐在一邊偷偷抹眼淚，我本想找幾句話去寬慰寬慰她，一看到她那副樣子，就什麼話也說不出來了。倒是她常對我說：

「家珍是你的女人，不是別人的，誰也搶不走。」

我聽了這話，只能在心裡嘆息一聲，我還能說什麼呢？好端端的一個家成了砸破了的瓦罐似的四分五裂。到了晚上，我躺在床上常常睡不著，一會兒恨這個，一會兒恨那個，到頭來最恨的還是我自己。夜裡想得太多，白天就頭疼，整日無精打采，好在有鳳霞，鳳霞常拉著我的手問我：

「爹，一張桌子有四個角，削掉一個角還剩幾個角？」

也不知道鳳霞是從哪裡去聽來的，當我說還剩三個角時，鳳霞高興得格格亂笑，她說：

「錯啦，還剩五個角。」

聽了鳳霞的話，我想笑卻笑不出來，想到原先家裡四個人，家珍一走就等於是削掉了一個角，況且家珍肚裡還懷著孩子，我就對鳳霞說：

「等妳娘回來了，就會有五個角了。」

家裡值錢的東西都變賣光了以後，我娘就常常領著鳳霞去挖野菜，我娘挎著籃子小腳一扭一扭地走去，她走得還沒有鳳霞快。她頭髮都白了，卻要學著去幹從沒幹過的體力活。看著我娘拉著鳳霞看一步走一步，那小心的樣子讓我眼淚都快掉出來了。

我想想再不能像從前那樣過日子了，我得養活我娘和鳳霞。我就和娘商量著到城裡親友那裡去借點錢，開個小鋪子，我娘聽了這話一聲不吭，她是捨不得離開這裡，人上了年紀都這樣，都不願動地方。我就對娘說：

「如今屋子和地都是龍二的了，家安在這裡跟安在別處也一樣。」

我娘聽了這話，過了半晌才說：

「你爹的墳還在這裡。」

我娘一句話就讓我不敢再想別的主意了，我想來想去只好去找龍二。

龍二成了這裡的地主，常常穿著絲綢衣衫，右手拿著茶壺在田埂上走來走去，神氣得很。鑲著兩顆大金牙的嘴總是咧開笑著，有時罵看著不順眼的佃戶時也咧著嘴，我起先還以爲他對人親熱，慢慢地就知道他是要別人都看到他的金牙。

龍二遇到我還算客氣，常笑嘻嘻地說：

「福貴，到我家來喝壺茶吧。」

我一直沒去龍二家是怕自己心裡發酸，我兩腳一落地就住在那幢屋子裡了，如今那屋子是龍二的家，你想想我心裡是什麼滋味。

其實人落到那種地步也就顧不上那麼多了，我算是應了人窮志短那句古話了。那天我去找龍二時，龍二坐在我家客廳的太師椅子裡，兩條腿擱在凳子上，一手拿茶壺一手拿著扇子，看到我走進來，龍二咧嘴笑道：

「是福貴，自己找把凳子坐吧。」

他躺在太師椅裡動都沒動，我也就不指望他泡壺茶給我喝。我坐下後龍二說：

「福貴，你是來找我借錢的吧？」

我還沒說不是，他就往下說道：

「按理說我也該借幾個錢給你，俗話說是救急不救窮，我啊，只能救你的急，不會救你的窮。」

我點點頭說：「我想租幾畝田。」

龍二聽後笑咪咪地問：

「你要租幾畝？」

我說：「租五畝。」

「五畝？」龍二眉毛往上吊了吊，問：「你這身體能行嗎？」

我說：「練練就行了。」

他想一想說：「我們是老相識了，我給你五畝好田。」

龍二還是講點交情的，他眞給了我五畝好田。我一個人種五畝地，差點沒累死。我從沒幹過農活，學著村裡人的樣子幹活，別說有多慢了。看得見的時候我都在田裡，到了天黑，只要有月光，我還要下地。莊稼得趕上季節，錯過一個季節就全錯過啦。到那時別說是養活一家人，就是龍二的租糧也交不起。俗話說是笨鳥先飛，我還得笨鳥多飛。

我娘心疼我，也跟著我下地幹活，她一大把年紀了，腳又不方便，身體彎下去才一會兒工夫就直不起來了，常常是一屁股坐在了田裡。我對她說：

「娘，妳趕緊回去吧。」

我娘搖搖頭說：「四隻手總比兩隻手強。」

我說：「妳要是累成病，那就一隻手都沒了，我還得照料妳。」

我娘聽了這話，才慢慢回到田埂上坐下，和鳳霞待在一起。鳳霞是天天坐在田埂上陪我，她採了很多花放在腿邊，一朵一朵舉起來問我叫什麼花，我哪知道是什麼花，就說：

「問妳奶奶去。」

我娘坐到田埂上，看到我用鋤頭就常喊：

「留神別砍了腳。」

我用鐮刀時，她更不放心，時時說：

「福貴，別把手割破了。」

我娘老是在一旁提醒也不管用，活太多，我得快幹，一快就免不了砍了腳割破手。手腳一出血，可把我娘心疼壞了，扭著小腳跑過來，捏一塊爛泥巴堵住出血的地方，嘴裡一個勁地數落我，一說得說半晌，我還不能回嘴，要不她眼淚都會掉出來。

我娘常說地裡的泥是最養人的，不光是長莊稼，還能治病。那麼多年下來，我身上哪兒弄破了，都往上貼一塊濕泥巴。我娘說得對，不能小看那些爛泥巴，那可是治百病的。

人要是累得整天沒力氣，就不會去亂想了。租了龍二的田以後，我一挨到床就呼呼地睡去，根本沒工夫去想別的什麼。說起來日子過得又苦又累，我心裡反倒踏實了。我想著我們徐家也算是有一隻小雞了，照我這麼幹下去，過不了幾年小雞就會變成鵝，徐家總有一天會重新發起來的。

從那以後，我是再沒穿過綢衣了，我穿的粗布衣服是我娘親手織的布，剛穿上那陣子覺得不自在，身上的肉被磨來磨去，日子一久也就舒坦了。前幾天村裡的王喜死了，王喜是我家從前的佃戶，比我大兩歲，他死前囑咐兒子把他的舊綢衣送給我，他一直沒忘記我從前是少爺，他是想讓我死之前穿上綢衣風光風光。我啊，對不起王喜的一片好心，那件綢衣我往身上一穿就趕緊脫了下來，那個難受啊，滑溜溜的像是穿上了鼻涕做的衣服。

那麼過了三個來月，長根來了，就是我家的雇工。那天我還在地裡幹活，我娘和鳳霞坐在田埂上。長根拄著一根枯樹枝，破衣襤衫地走過來，手裡挎著那個包裹，還拿了一只缺了口的碗，他成了個叫化子。是鳳霞先看到他，鳳霞站起來對著他喊：

「長根，長根。」

我娘一看到是從小在我家長大的長根，趕緊迎了上去，長根抹著眼淚說：

「太太，我想少爺和鳳霞，就回來看一眼。」

長根走到田間，看到我穿著粗布衣服滿身是泥，嗚嗚地哭，說道：

「少爺，你怎麼成這樣子了。」

我輸完家產以後，最苦的就是長根了。長根替我家幹了一輩子，按規矩老了就該由我家養起來。可我家一破落，他也只好離開，只能要飯過日子。

看到長根回來時的模樣，我心裡一陣發酸，小時候他整天背著我走東逛西，我長大後也從沒把他放在眼裡。沒想到他還回來看我們，我問長根：

「你還好吧！」

長根擦擦眼睛說：「還好。」

我問：「還沒找到雇你的人家？」

長根搖搖頭說：「我這麼老了，誰家會雇我？」

聽了這話，我眼淚都要掉出來了。長根卻不覺得自己苦，他還為我哭，說道：

「少爺，你哪受得起這種苦。」

那天晚上，長根在我家茅屋裡過的。我和娘商量著把長根留在家裡，這樣一來日子會更苦，我對娘說：

「苦也要把他留下，我們每人剩兩口飯也就養活他了。」

我娘點點頭說：「長根這麼好的心腸。」

第二天早晨，我對長根說：

「長根，你一回來就好了，我正缺一個幫手，往後你就住在這裡吧。」

長根聽後看著我笑，笑著笑著眼淚掉了出來，他說：

「少爺，我沒有幫你的力氣了，有你這份心意我就夠了。」

說完長根就要走，我和娘死活攔不住他，他說：

「你們別攔我了，往後我還要來看你們。」

長根那天走後，還來過一次，那次他給鳳霞帶來一根紮頭髮的紅綢，是他拾來的，洗乾淨後放在胸口專門來送給鳳霞。長根那次走後，我就再沒有見到他了。

我租了龍二的田，就是他的佃戶了，便不能再像過去那樣叫他龍二，得叫他龍老爺，起先龍二聽我這麼叫，總是擺擺手說：

「福貴，你我之間不必多禮。」

時間一久他也習慣了，我在地裡幹活時，他常會走過來說幾句話。有一次我正割著稻子，鳳霞跟在後面撿稻穗，龍二一搖一擺走過來，對我說：

「福貴，我收山啦，往後再也不去賭啦。賭場無贏家，我是見好就收，免得日後也落到你這種地步。」

我向龍二哈哈腰，恭敬地說：

「是，龍老爺。」

龍二指指鳳霞，問道：

「這是你的崽子嗎？」

我又哈哈腰，說一聲：

「是，龍老爺。」

我看到鳳霞站在那裡，手裡拿著稻穗，直愣愣地盯著龍二看，就趕緊對她說：

「鳳霞，快向龍老爺行禮。」

鳳霞也學我的樣子向龍二哈哈腰，說道：

「是，龍老爺。」

我時常惦記著家珍，還有她肚子裡的孩子。家珍走後兩個多月，託人捎來了一個口信，說是生啦，生了個兒子出來，我丈人給取了個名字叫有慶。我娘悄悄問捎話的人：

「有慶姓什麼?」

那人說:「姓徐呀。」

那時我在田裡,我娘扭著小腳急匆匆地跑來告訴我,她話沒說完,就擦起了眼淚。我一聽說家珍給我生了個兒子,扔了手裡的鋤頭就要往城裡跑,跑出了十來步,我不敢跑了,想想我這麼進城去看家珍她們母子,我丈人怕是連門檻都不讓我跨進去。我就對娘說:

「娘,妳趕緊收拾收拾,去看看家珍她們。」

我娘也一遍遍說著要進城去看孫子,可過了幾天她也沒動身,我又不好催她。按我們這裡的習俗,家珍是被她娘家的人硬給接走的,也應該由她娘家的人送回來。我娘對我說:

「有慶姓了徐,家珍也就馬上要回來了。」

她又說:「家珍現在身體虛,還是待在城裡好。家珍要好好補一補。」

家珍是在有慶半歲的時候回來的。她來的時候沒有坐轎子,她將有慶放在身後的一個包裹裡,走了十多里路回來的。有慶閉著眼睛,小腦袋靠在他娘肩膀上一搖一搖回來認我這個爹了。

家珍穿著水紅的旗袍，手挽一個藍底白花的包裹，漂漂亮亮地回來了。路兩旁的油菜花開得金黃金黃，蜜蜂嗡嗡叫著飛來飛去。家珍走到我家茅屋門口，沒有一下子走進去，站在門口笑盈盈地看著我娘。

我娘在屋裡坐著編草鞋，她抬起頭來後看到一個漂亮的女人站在門口，家珍的身體擋住了光線，身體閃閃發亮。我娘沒有認出來是家珍，也沒有看到家珍身後的有慶。我娘問她：

「是誰家的小姐，妳找誰呀？」

家珍聽後格格笑起來，說道：

「是我，我是家珍。」

當時我和鳳霞在田裡，鳳霞坐在田埂上數著我幹活。我聽到有個聲音喊我，聲音像我娘，也有些不像，我問鳳霞：

「誰在喊？」

鳳霞轉過身去看一看說：

「是奶奶。」

我直起身體，看到我娘站在茅屋門口彎著腰在使勁喊我，穿水紅旗袍的家珍抱著有慶站在一旁。鳳霞一看到她娘，撒腿跑了過去。我在水田裡站著，看著我娘彎腰叫我的模樣，她太使勁了，兩隻手撐在腿上，免得上面的身體掉到地上。鳳霞跑得太快，在田埂上搖來晃去，終於撲到了家珍腿上，抱著有慶的家珍蹲下去和鳳霞抱在一起。我這時才走上田埂，我娘還在喊，越走近她們，我腦袋裡越是暈暈乎乎的。我一直走到家珍面前，對她笑了笑。家珍站起來，眼睛定定地看了我一陣。我當時那副窮模樣使家珍一低頭輕輕抽泣了。

我娘在一旁哭得嗚嗚響，她對我說：

「我說過家珍是你的女人，別人誰也搶不走。」

家珍一回來，這個家就全了。我幹活時也有了個幫手，我開始心疼自己的女人了，這是家珍告訴我的，我自己倒是不覺得。我常對家珍說：

「妳到田埂上去歇會兒。」

家珍是城裡小姐出身，細皮嫩肉的，看著她幹粗活，我自然心疼。家珍聽到我讓她去歇一下，就高興地笑起來，她說：

「我不累。」

我娘常說，只要人活得高興，就不怕窮。家珍脫掉了旗袍，也和我一樣穿上粗布衣服，她整天累得喘不過氣來，還總是笑盈盈的。鳳霞是個好孩子，我們從磚瓦的房屋搬到茅屋裡去住，她照樣高高興興，吃起粗糧來也不往外吐。弟弟回來以後她就更高興了，再不到田邊來陪我，就一心想著去抱弟弟。有慶苦呵，他姊姊還過了四、五年好日子，有慶才在城裡待了半年，就到我身邊來受苦了，我覺得最對不起的就是兒子。

這樣的日子過了一年後，我娘病了。開始只是頭暈，我娘說看著我們時糊里糊塗的。我也沒怎麼在意，想想她年紀大了，眼睛自然看不清。後來有一天，我娘在燒火時突然頭一歪，靠在牆上像是睡著了。等我和家珍從田裡回來，她還那麼靠著。家珍叫她，她也不答應，伸手推推她，她就順著牆滑了下去。家珍嚇得大聲叫我，我走到灶間時，她又醒了過來，定定地看了我們一陣，我們問她，她也不答應，又過了一陣，她聞到焦糊的味道，知道飯煮糊了，才開口說道：

「哎呀，我怎麼睡著了。」

我娘慌裡慌張地想站起來，她站到一半腿一鬆，身體又掉到地上。我趕緊把她抱到床上，她沒完沒了地說自己睡著了，她怕我們不相信。家珍把我拉到一旁，說：

「你去城裡請個郎中來。」

請郎中可是要花錢的，我站著沒有動。家珍從褥子底下拿出了兩塊銀元，是用手帕包著的。看看銀元我有些心疼，那可是家珍從城裡帶來的，只剩下這兩塊了。可我娘的身體更教我擔心，我就拿過銀元。家珍把手帕疊得整整齊齊重新塞到褥子底下，給我拿出了一身乾淨衣服，讓我換上。我對家珍說：

「我走了。」

家珍沒說話，跟著我走到門口，我走了幾步回過頭去看看她，她往後理了理頭髮向我點點頭。自從家珍回來以後，我還是第一次離開她。我穿著雖然破爛可是乾乾淨淨的衣服，腳上是我娘編的新草鞋，要進城去了。鳳霞坐在門口的地上，懷裡抱著睡著的有慶，她看到我穿得很乾淨，就問：

「爹，你不是下田吧？」

我走得很快，不到半個時辰就走到城裡。我已有一年多沒去城裡了，走進城裡時心裡還眞有點發虛，我怕碰到過去的熟人，我這身破爛衣服讓他們見了，不知道他們會說些什麼話。我最怕見到的還是我丈人，我不敢從米行那條街走，寧願多繞一些路。城裡幾個郎中的醫術我都知道，哪個收錢黑，哪個收錢公道我也知道。我想了想，還是去找住在綢店隔壁的林郎中，這個老頭是我丈人的朋友，看在家珍的分上他也會少收些錢。

我路過縣太爺府上時，看到一個穿綢衣的小孩正踮著腳，使勁想抓住敲門的銅環。那孩子的年紀就和我鳳霞差不多大，我想這可能是縣太爺的公子，就走上去對他說：

「我來幫你敲。」

小孩高興地點點頭，我就扣住銅環使勁敲了幾下，裡面有人答應：

「來啦。」

這時小孩對我說：

「我們快跑吧。」

我還沒明白過來，小孩貼著牆壁溜走了。門打開後，一個僕人打扮的男人一看到我穿的衣服，什麼話沒說就伸手推了我一把。我沒料到他會這樣，身體一晃就從台階上跌下來。我從地上爬起來，本來我想算了，可這傢伙又走下來踢了我一腳，還說：

「要飯也不看看這是什麼地方。」

我的火一下子上來了，我罵道：

「老子就是啃你家祖墳裡的爛骨頭，也不會向你要飯。」

他撲上來就打，我臉上挨了一拳，他也挨了我一腳。我們兩個人就在街上扭打起來。這小子黑得很，看看一下子打不贏我，就揪著我的褲襠抬腳。我呢，好幾次踢在他屁股上。我們兩個都不會打架，打了一陣聽到有人在後面喊：

「難看死啦，這兩個畜生打架打得難看死啦。」

我們停住手腳，往後一看，一隊穿黃衣服的國民黨大兵站在那裡，十來門大砲都由馬車拉著。剛才喊叫的那個人腰裡別著一把手槍，是個當官的。那僕人眞靈活，一看到當官的就馬上點頭哈腰：

「長官，嘿嘿，長官。」

長官向我們兩個揮揮手說：

「兩頭蠢驢，打架都不會，給我去拉大砲。」

我一聽這話頭皮陣陣發麻，他是拉我的壯丁。那僕人也急了，走上前去說：

「長官，我是本縣縣太爺家裡的。」

長官說：「縣太爺的公子更應該爲黨國出力嘛。」

「不，不。」僕人嚇得連聲說。「我不是公子，打死我也不敢。排長，我是縣太爺的僕人。」

「操你娘。」長官大聲罵道。「老子是連長。」

「是，是，連長，我是縣太爺的僕人。」

那僕人怎麼說都沒用，反而把連長說煩了，連長伸手給他一巴掌：

「少他娘的說廢話，去拉大砲。」他看到了我。「還有你。」

我只好走上去，拉住一匹馬的帖繩，跟著他們往前走。我想到時候找個機會再逃跑吧。那僕人還在前面向連長求情，走了一段路後，連長竟然答應了，他說：

「行，行，你回去吧，你小子煩死我了。」

僕人高興壞了，他像是要跪下來給連長叩頭，可又沒有下跪，只是在連長面前不停地搓著手，連長說：

「還不滾蛋。」

僕人說：「滾，滾，我這就滾。」

僕人說著轉身走去，這時候連長從腰裡抽出手槍來，把胳膊端平了，閉上一隻眼睛向走去的僕人瞄準。僕人走出了十多步回過頭來看看，這一看把他嚇得傻站在那裡一動不動，像隻夜裡的麻雀一樣讓連長瞄準。連長這時對他說：

「走呀，走呀。」

僕人噗通一聲跪在地上，連哭帶喊：

「連長，連長，連長。」

連長向他開了一槍，沒有打中，打在他身旁，飛起的小石子劃破了他的手，手倒是出血了。連長握著手槍向他揮動著說：

「站起來，站起來。」

他站了起來，連長又說：

「走呀，走呀。」

他傷心地哭了，結結巴巴地說：

「連長，我拉大砲吧。」

連長又端起胳膊，第二次向他瞄準，嘴裡說著：

「走呀，走呀。」

僕人這時才突然明白似的，一轉身就瘋跑起來。連長打出第二槍時，他剛好拐進了一條胡同。連長看看自己的手槍，罵了一聲：

「他娘的，老子閉錯了一隻眼睛。」

連長轉過身來，看到了站在後面的我，就提著手槍走過來，把槍口頂著我的胸膛，對我說：

「你也回去吧。」

我的兩條腿拚命哆嗦，心想他這次就是兩隻眼睛全閉錯，也會一槍把我送上西天。我連聲說：

「我拉大砲，我拉大砲。」

我右手拉著惦繩，左手捏住口袋裡家珍給我的兩塊銀元，走出城裡時，看到田地裡與我家相像的茅屋，我低下頭哭了。

我跟著這支往北去的砲隊，越走越遠，一個多月後我們走到了安徽。開始的幾天我一心想逃跑，當時想逃跑的不只是我一個人，每過兩天，連裡就會少掉一、兩張熟悉的臉，我心想他們是不是逃跑了，我就問一個叫老全的老兵，老全說：

「誰也逃不掉。」

老全問我夜裡睡覺聽到槍聲沒有，我說聽到了，他說：

「那就是打逃兵的，命大的不讓打死，也會被別的部隊抓去。」

老全說得我心都寒了。老全告訴我，他抗戰時就被拉了壯丁，開撥到江西他逃了出來，沒幾天又被去福建的部隊拉了去。當兵六年多，沒跟日本人打過仗，光跟共產黨的游擊隊打仗。這中間他逃跑了七次，都被別的部隊拉了去。最後一次他離家只有一百多里路了，結果撞上了這一支砲隊。老全說他不想再跑了，他說：

「我逃膩了。」

我們渡過長江以後就穿上了棉襖。一過長江，我想逃跑的心也死了，離家越遠我也就越沒有膽量逃跑。我們連裡有十來個都是十五、六歲的孩子，有一個叫春生的娃娃兵，是江蘇人，他老向我打聽往北去是不是打仗，我就說是的。其實我也不知道，我想當上了兵就逃不了要打仗。春生和我最親熱，他總是挨著我，拉著我的胳膊問我：

「我們會不會被打死？」

我說：「我不知道。」

說這話時我自己心裡也是一陣陣難受。過了長江以後，我們開始聽到槍砲聲，起先是遠遠傳來，我們又走了兩天，槍砲聲越來越響。那時我們來到了一個村莊，村裡別說是人了，連牲畜都見不著。連長命令我們架起大砲，我知道這下是眞要打仗了。有人走過去問連長：

「連長，這是什麼地方？」

連長說：「你問我，我他娘的去問誰？」

連長都不知道我們到了什麼地方，村裡人跑了個精光，我望望四周，除了光禿禿的樹和一些茅屋，什麼都沒有。過了兩天，穿黃衣服的大兵越來越多，他們在四周一隊隊走過去，又一隊隊走過來，有些部隊就在我們旁邊紮下了。又過了兩天，我們一砲還未打，連長對我們說：

「我們被包圍了。」

被包圍的不只是我們一個連，有十來萬人的國軍全被包圍在方圓只有二十來里路的地方裡。滿地都是黃衣服，像是趕廟會一樣。這時候老全神了，他坐在坑道外的土墩上吸著菸，看著那些來來去去的黃皮大兵，不時和中間某個人打聲招呼，他認識的人實在是多。老全走南闖北，在七支部隊裡混過，他嘻嘻哈哈和幾個舊相識說著髒話，互相打聽幾個人名，我聽他們不是說死了，就是說前兩天還見過。老全告訴我和春生，這些人當初都和他一起逃跑過。老全正說著，有個人向這裡叫：

「老全，你還沒死啊？」

老全又遇到舊相識了，哈哈笑道：

「你小子什麼時候被抓回來的？」

那人還沒說話，另一邊也有人叫上老全了，老全扭臉一看，急忙站起來喊：

「喂，你知道老良在哪裡？」

那個人嘻嘻笑著喊道：

「死啦。」

老全沮喪地坐下來，罵道：

「媽的，他還欠我一塊銀元呢。」

接著老全得意地對我和春生說：

「你們瞧，誰都沒逃成。」

剛開始我們只是被包圍住，解放軍沒有立刻來打我們，我們還不怎麼害怕，連長也不怕，他說蔣委員長會派坦克來救我們出去的。後來前面的槍砲聲越來越響，我們也沒有很害怕，只是一個個都閒著沒事可幹，連長沒有命令我們開砲。有個老兵想想前面的弟兄流血送命，我們老閒著也不是個辦法，他就去問連長：

「我們是不是也打幾砲？」

連長那時候躲在坑道裡賭錢，他氣沖沖地反問：

「打砲？往哪裡打？」

連長說得也對，幾砲打出去要是打在國軍兄弟頭上，前面的國軍一氣之下殺回來收拾我們，這可不是鬧著玩的。連長命令我們都在坑道裡待著，愛幹什麼就幹什麼，就是別出去打砲。

被包圍以後，我們的糧食和彈藥全靠空投。飛機在上面一出現，下面的國軍就跟螞蟻似的密密麻麻地擁來擁去，扔下的一箱箱彈藥沒人要，全都往一袋袋大米上撲。飛機一走，搶到大米的國軍兄弟兩個人提一袋，旁邊的人端著槍保護他們，那麼一堆一堆地分散開去，都走回自己的坑道。

沒過多久，成群結夥的國軍向房屋和光禿禿的樹木湧去，遠近的茅屋頂上都爬上去了人，又拆茅屋又砍樹，這哪還像是打仗，亂糟糟的響聲差不多都要蓋住前沿的槍砲聲了。才半天工夫，眼睛望得到的房屋樹木全沒了，空地上全都是扛著房梁、樹木，和抱著木板、凳子的大兵，他們回到自己的坑道後，一條條煮米飯的炊煙就升了起來，在空中扭來扭去。

那時候最多的就是子彈了，往哪裡躺都硌得身體疼。四周的房屋被拆光，樹也砍光後，滿地的國軍提著刺刀去割枯草，那情形真像是農忙時在割稻子，有些人滿頭大汗地刨著樹根。還有一些人開始掘墳，用掘出的棺材板燒火。掘出了棺材就把死人骨頭往坑外一丟，也不給重新埋了，到了那種時候，誰也不怕死人骨頭了，夜裡就是挨在一起睡覺也不會做惡夢。煮米飯的柴越來越少，米倒是越來越多。沒人搶米了，我們三個人去扛了幾袋米回來，鋪在坑道當睡覺的床，這樣躺著就不怕子彈硌得身體難受了。

等到再也沒有什麼可當柴煮米飯時，蔣委員長還沒有把我們救出去。好在那時飛機不再往下投大米，改成投大餅。成包的大餅一落地，弟兄們像牲畜一樣撲上去亂搶，疊得一層又一層，跟我娘納出的鞋底一樣，他們嗷嗷亂叫著和野狼沒什麼兩樣。

老全說：「我們分開去搶。」

這種時候只能分開去搶，才能多搶些大餅回來。我們爬坑道，自己選了個方向走去。當時子彈在很近的地方飛來飛去，常有一些流彈竄過來。有一次我跑著跑著，身邊一個人突然摔倒，我還以爲他是餓昏了，扭頭一看他半個腦袋沒了，嚇得我腿一軟也差一點摔倒。搶大餅比搶大米還難。按說國軍每天都在拚命地死人，可當飛機從天那邊飛過來時，人全從地裡冒了出來，光禿禿的地上像是突然長出了一排排草，跟著飛機跑，大餅一扔下，人才散開去，各自衝向看好的降落傘。大餅包得也不結實，一落地就散了，幾十上百個人往一個地方撲，有些人還沒挨著地就撞昏過去了。我搶一次大餅就跟被人吊起來用皮帶打了一頓似的全身疼。到頭來也只是搶到了幾張大餅，回到坑道裡，老全已經坐在那裡了，他臉上青一塊紫一塊的，他搶到的餅也不比我多。老全當了八年兵，心地還是很善良，他把自己的餅往我的上面一放，說等春生回來一起吃。我們兩個就蹲在坑道裡，露出腦袋張望春生。

過了一會，我們看到春生懷裡抱著一堆膠鞋貓著腰跑來了，這孩子高興得滿臉通紅，他一翻身滾了進來，指著滿地的膠鞋問我們：

「多不多？」

老全望望我，問春生：

「這能吃嗎？」

春生說：「可以煮米飯啊。」

我們一想還眞對，看看春生臉上一點傷都沒有，老全對我說：

「這小子比誰都精。」

後來我們就不去搶大餅了，用上了春生的辦法。搶大餅的人疊在一起時，我們就去扒他們腳上的膠鞋，有些腳沒有反應，有些腳亂蹬起來，我們就隨手撿個鋼盔狠狠揍那些不老實的腳，挨了揍的腳抽搐幾下都跟凍僵似的硬了。我們抱著膠鞋回到坑道裡生火，反正大米有的是，這樣還免去了皮肉之苦。我們三個人邊煮著米飯，邊看著那些光腳在冬天裡一走一跳的人，嘿嘿笑個不停。

前沿的槍砲聲越來越緊，也不分白天和晚上。我們待在坑道裡也聽慣了，經常有砲彈在不遠處爆炸，我們連的大砲都被打爛了，這些大砲一砲都沒放，就成了一堆爛鐵，我們更加沒事可幹了。那麼一些日子下來，春生也不怎麼害怕了，到那時候怕也沒有用。槍砲聲越來越近，我們總覺得還遠著呢。最難受的就是天越來越冷，睡上幾分鐘就要凍醒一次。砲彈在外面爆炸時常震得我們耳朵裡嗡嗡亂叫，春生怎麼說也只是個孩子，他迷迷糊糊睡著時，一顆砲彈飛到近處一炸，把他的身體都彈了起來，他被吵醒後怒氣沖沖地站到坑道上，對前面的槍砲聲大喊：

「你們他娘的輕一點，吵得老子都睡不著。」

我趕緊把他拉下來，當時子彈已在坑道上面飛來飛去了。

國軍的陣地一天比一天小，我們就不敢隨便爬出坑道，除非餓極了才出去找吃的。每天都有幾千傷號被抬下來，我們連的陣地在後方，成了傷號的天下。有那麼幾天，我和老全、春生撲在坑道上，露出三個腦袋，看那些抬擔架的將缺胳膊斷腿的傷號抬過來。隔上不多時間，就過來一長串擔架，抬擔架的都貓著腰，跑到我們近前找一塊空地，喊一、二、三，喊到三時將擔架一翻，倒垃圾似的將傷號扔到地上就不管了，傷號疼得嗷嗷亂叫，哭天喊地的叫聲是一長串一長串響過來。老全看著那些抬擔架的離去，罵了一聲：

「這些畜生。」

傷號越來越多，只要前面槍砲聲還在響，就有擔架往這裡來，喊著一、二、三把傷號往地上扔。地上的傷號起先是一堆一堆，沒多久就連成一片，在那裡疼得嗷嗷直叫，那叫喊我一輩子都忘不了，我和春生看得心裡一陣陣冒寒氣，連老全都直皺眉。我想這仗怎麼打呀。

天一黑，又下起了雪。有一長段時間沒有槍砲聲，我們就聽著躺在坑道外面幾千沒死的傷號嗚嗚的聲音，像是在哭，又像是在笑，那是疼得受不了的聲音，我這輩子就再沒聽到過這麼怕人的聲音了。一大片一大片，就像潮水從我們身上湧過去。雪花落下來，天太黑，我們看不見雪花，只是覺得身體又冷又濕，手上軟綿綿一片，慢慢地化了，沒多久又積上了厚厚一層雪花。

我們三個人緊挨著睡在一起，又餓又冷，那時候飛機也來得少了，都很難找到吃的東西。誰也不會再去盼蔣委員長來救我們了，接下去是死是活誰也不知道。春生推推我，問：

「福貴，你睡著了嗎？」

我說：「沒有。」

他又推推老全，老全沒說話。春生鼻子抽了兩下，對我說：

「這下活不成了。」

我聽了這話鼻子裡也酸溜溜的，老全這時說話了，他兩條胳膊伸了伸說：

「別說這喪氣話。」

他身體坐起來，又說：

「老子大小也打過幾十次仗了，每次我都對自己說：老子死也要活著。子彈從我身上什麼地方都擦過，就是沒傷著我。春生，只要想著自己不死，就死不了。」

接下去我們誰也沒說話，都想著自己的心事。我是一遍遍想著自己的家，想想鳳霞抱著有慶坐在門口，想想我娘和家珍。想著想著心裡像是被堵住了，都透不過氣來，像被人捂住了嘴和鼻子一樣。

到了後半夜，坑道外面傷號的嗚咽漸漸小了下去，我想他們大部分都睡著了吧。只有不多的幾個人還在嗚嗚地響，那聲音一段一段的，飄來飄去，聽上去像是在說話，你問一句，他答一聲，聲音淒涼得都不像是活人發出來。那麼過了一陣後，只剩下一個聲音在嗚咽了，聲音低得像蚊蟲在叫，輕輕地在我臉上飛來飛去，聽著聽著已不像是在呻吟，倒像是在唱什麼小調。周圍靜得什麼聲響都沒有，只有這樣一個聲音，長久地在那裡轉來轉去。我聽得眼淚都流了出來，把臉上的雪化了後，流進脖子就跟冷風吹了進來。

天亮時，什麼聲音也沒有了，我們露出腦袋一看，昨天還在喊叫的幾千傷號全死了，橫七豎八地躺在那裡，一動不動，上面蓋了一層薄薄的雪花。我們這些躲在坑道裡還活著的人呆呆看了半晌，誰都沒說話。連老全這樣不知見過多少死人的老兵也傻看了很久，末了他嘆息一聲，搖搖頭對我們說：

「慘啊。」

說著，老全爬出了坑道，走到這一大片死人中間，翻翻這個，撥撥那個，老全弓著背，在死人中間跨來跨去，時而蹲下去用雪給某一個人擦擦臉。這時槍砲聲又響了起來，一些子彈朝這裡飛來。我和春生一下子回過魂來，趕緊向老全叫：

「你快回來。」

老全沒答理我們，繼續看來看去。過了一會，他站住了，來回張望了幾下，才朝我們走來。走近了他向我和春生伸出四根指頭，搖著頭說：

「有四個，我認識。」

話剛說完，老全突然向我們睜圓了眼睛，他的兩條腿僵住似的站在那裡，隨後身體往下一掉跪在了那裡。我們不知道他爲什麼這樣，只看到有子彈飛來，就拚命叫：

「老全，你快點。」

喊了幾下後，老全還是那麼一副樣子，我才想完了，老全出事了。我趕緊爬出坑道，向老全跑去，跑到跟前一看，老全背脊上一灘血，我眼睛一黑，哇哇地喊春生。等春生跑過來後，我們兩個人把老全抬回到坑道，子彈在我們身旁時時呼的一下擦過去。

我們讓老全躺下，我用手頂住他背脊上那灘血，那地方又濕又燙，血還在流，從我指縫流出去。老全眼睛慢吞吞地眨了一下，像是看了一會我們，隨後嘴巴動了動，聲音沙沙地問我們：

「這是什麼地方？」

我和春生抬頭向周圍望望，我們怎麼會知道這是什麼地方？只好重新去看老全，老全將眼睛緊緊閉了一下，接著慢慢睜開，越睜越大，他的嘴歪了歪，像是在苦笑，我們聽到他沙啞地說：

「老子連死在什麼地方都不知道。」

老全說完這話，過了沒多久就死了。老全死後腦袋歪到了一旁，我和春生知道他已經死了，互相看了半晌，春生先哭了，春生一哭我也忍不住哭了。

後來，我們看到了連長，他換上老百姓的衣服，腰裡綁滿了鈔票，提著個包裹向西走去。我們知道他是要逃命了，衣服裡綁著的鈔票讓他走路時像個一扭一扭的胖老太婆。有個娃娃兵向他喊：

「連長，蔣委員長還救不救我們？」

連長回過頭來說：

「蠢蛋，這種時候你娘也不會來救你了，還是自己救自己吧。」

一個老兵向他打了一槍，沒打中。連長一聽到子彈朝他飛去，全沒有了過去的威風，撒開兩條腿就瘋跑起來，好幾個人都端起槍來打他，連長哇哇叫著跳來跳去在雪地裡逃遠了。

槍砲聲響到了我們鼻子底下，我們都看得見前面開槍的人影了，在硝煙裡一個一個搖搖晃晃地倒下去。我算計著自己活不到中午，到不了中午就該輪到我去死了。一個來月在槍砲裡混下來後，我倒不怎麼怕死，只是覺得自己這麼死得不明不白實在是冤，我娘和家珍都不知道我死在何處。

我看看春生，他的一隻手還擱在老全身上，愁眉苦臉地也在看著我。我們吃了幾天生米，春生的臉都吃腫了。他伸出舌頭舔舔嘴唇，對我說：

「我想吃大餅。」

到這時候死活已經不重要了，死之前能夠吃上大餅也就知足了。春生站了起來，我沒叫他小心子彈，他看了看說：

「興許外面還有餅，我去找找。」

春生爬出了坑道，我沒攔他，反正到不了中午我們都得死，他要是眞吃到大餅那就太好了。我看著他有氣無力地從屍體上跨了過去，這孩子走了幾步還回過頭來對我說：

「你別走開，我找著了大餅就回來。」

他垂著雙手，低頭走入了前面的濃煙。那個時候空氣裡滿是焦糊和硝煙味，吸到嗓子眼裡覺得有一顆一顆小石子似的東西。

中午沒到的時候，坑道裡還活著的人全被俘虜了。當端著槍的解放軍衝上來時，有個老兵讓我們舉起雙手，他緊張得臉都青了，叫嚷著要我們別碰身邊的槍，他怕到時候連他也跟著倒楣。有個比春生大不了多少的解放軍將黑洞洞的槍口對準我，我心一橫，想這次是眞要死了。可他沒有開槍，對我叫嚷著什麼，我一聽是要我爬出去，我心裡一下子咚咚亂跳了，我又有活的盼頭了。我爬出坑道後，他對我說：

「把手放下吧。」

我放下了手，懸著的心也放下了。我們一排二十多個俘虜由他一人押著向南走去，走不多遠就匯入到一隊更大的俘虜裡。到處都是一柱柱沖天的濃煙，向著同一個地方彎過去。地上坑坑窪窪，滿是屍體，和炸毀了的大砲槍枝，燒黑了的軍車還在噼噼啪啪。我們走了一段後，二十多個挑著大白饅頭的解放軍從北橫著向我們走來，饅頭熱氣騰騰，看得我口水直流。押我們的一個長官說：

「你們自己排好隊。」

沒想到他們是給我們送吃的來了，要是春生在該有多好，我往遠處看看，都不知道這孩子是死是活。我們自動排出了二十多個隊形，一個挨著一個每人領了兩個饅頭，我從沒聽到過這麼一大片吃東西的聲音，比幾百頭豬吃東西時還響。大家都吃得太快，有些拚命咳嗽，咳嗽聲一聲比一聲高，我身旁的一個咳得比誰都響，他捂著腰疼得眼淚橫流。更多的人是噎住了，都抬著腦袋對天空直瞪眼，身體一動不動。

第二天早晨，我們被集合到一塊空地上，整整齊齊地坐在地上。前面是兩張桌子，一個長官模樣的人對我們說話，他先是講了一通解放全中國的道理，最後宣布願意參加解放軍的繼續坐著，想回家的就站出來，去領回家的盤纏。

一聽可以回家，我的心噗噗亂跳，可我看到那個長官腰裡別了一枝手槍又害怕了，我想哪有這樣的好事。很多人都坐著沒動，也有一些人走出去，還眞的走到那桌子前去領了盤纏，那個長官一直看著他們，他們領了錢以後還領了通行證，接著就上路了。我的心提到了嗓子眼，那個長官肯定會撥出手槍來斃他們，就跟我們連長一樣。可他們走出很遠以後，長官也沒有掏出手槍。這下我緊張了，我知道解放軍是眞的願意放我們回家。這一仗打下來我知道什麼叫打仗了，我對自己說再也不能打仗了，我要回家。我就站起來，一直走到那位長官面前，噗通跪下後就哇哇哭起來，我原本想說我要回家，可話到嘴邊又變了，我一遍遍叫著：

「連長，連長，連長——」。

別的什麼話也說不出來，那位長官把我扶起來，問我要說什麼。我還是叫他連長，還是哭。旁邊一個解放軍對我說：

「他是團長。」

他這一說把我嚇住了，心想糟了。可聽到坐著的俘虜哄地笑起來，又看到團長笑著問我：

「你要說什麼？」

我這才放心下來，對團長說：

「我要回家。」

解放軍讓我回家，還給了盤纏。我一路急沖沖往南走，餓了就用解放軍給的盤纏買個燒餅吃下去，睏了就找個平整一點地方睡一覺。我太想家了，一想到今生今世還能和我娘和家珍，和我一雙兒女團聚，我又是哭又是笑，瘋瘋癲癲地往南跑。

我走到長江邊時，南面還沒有解放，解放軍在準備渡江了。我過不去，在那裡耽擱了幾個月。我就到處找活幹，免得餓死。我知道解放軍缺搖船的，我以前有錢時覺得好玩，學過搖船。好幾次我都想參加解放軍，替他們搖船搖過長江去。想想解放軍對我好，我要報恩。可我實在是怕打仗，怕見不到家裡人。爲了家珍她們，我對自己說：

「我就不報恩了，我記得解放軍的好。」

我是跟在往南打去的解放軍屁股後面回到家裡的，算算時間，我離家都快兩年了。走的時候是深秋，回來是初秋。我滿身泥土走上了家鄉的路，後來我看到了自己的村莊，一點都沒有變，我一眼就看到了，我急沖沖往前走，看到我家先前的磚瓦房，又看到了現在的茅屋，我一看到茅屋忍不住跑了起來。

離村口不遠的地方，一個七、八歲的女孩，帶著個三歲的男孩在割草。我一看到那個穿得破破爛爛的女孩就認出來了，那是我的鳳霞。鳳霞拉著有慶的手，有慶走路還磕磕絆絆。我就向鳳霞和有慶喊：

「鳳霞，有慶。」

鳳霞像是沒有聽到，倒是有慶轉回身來看我，他被鳳霞拉著還在走，腦袋朝我這裡歪著。我又喊：

「鳳霞，有慶。」

這時有慶拉住了他姊姊，鳳霞向我轉了過來，我跑到跟前，蹲下去問鳳霞：

「鳳霞，還認識我嗎？」

鳳霞張大眼睛看了我一陣，嘴巴動了動沒有聲音。我對鳳霞說：

「我是妳爹啊。」

鳳霞笑了起來，她的嘴巴一張一張，可是什麼聲音都沒有。當時我就覺得有些不對勁，只是我沒往細裡想。我知道鳳霞認出我來了，她張著嘴向我笑，她的門牙都掉了。我伸手去摸她的臉，她的眼睛亮了亮，就把臉往我手上貼。我又去看有慶，有慶自然認不出我，他害怕地貼在姊姊身上，我去拉他，他就躲著我，我對他說：

「兒子啊，我是你爹。」

有慶乾脆躲到了姊姊身後，推著鳳霞說：

「我們快走呀。」

這時有一個女人向我們這裡跑來，哇哇叫著我的名字，我認出來是家珍，家珍跑得跌跌撞撞，跑到跟前喊了一聲：

「福貴。」

就坐在地上大聲哭起來，我對家珍說：

「哭什麼，哭什麼。」

這麼一說，我也嗚嗚地哭了。

我總算回到了家裡，看到家珍和一雙兒女都活得好好的，我的心放下了。她們擁著我往家裡走去，一走近自家的茅屋，我就連連喊：

「娘，娘。」

喊著我就跑了起來，跑到茅屋裡一看，沒見到我娘，當時我眼睛就黑了一下，折回來問家珍：

「我娘呢？」

家珍什麼也不說，就是淚汪汪地看著我，我也就知道娘到什麼地方去了。我站在門口腦袋一垂，眼淚便涮涮地流了出來。

我離家兩個月多一點，我娘就死了。家珍告訴我，我娘死前一遍一遍對家珍說：

「福貴不會是去賭錢的。」

家珍去城裡打聽過我不知多少次，竟會沒人告訴她我被抓了壯丁，我娘才這麼說，可憐她死的時候，還不知道我在什麼地方。我的鳳霞也可憐，一年前她發了一次高燒後就再不會說話了。家珍哭著告訴我這些時，鳳霞就坐在我對面，她知道我們是說她，就輕輕地對著我笑，看到她笑，我心裡就跟針扎一樣。有慶也認我這個爹了，只是他仍有些怕我，我一抱他，他去拚命去看家珍和鳳霞。隨便怎麼說，我都回到家裡了。頭天晚上我怎麼都睡不著，我和家珍，還有兩個孩子擠在一起，聽著風吹動屋頂的茅草，看著外面亮晶晶的月光從門縫裡鑽進來，我心裡是又踏實又暖和，我一會兒就要去摸摸家珍，摸摸兩個孩子，我一遍遍對自己說：

「我回家了。」

我回來的時候，村裡開始搞土地改革了，我分到了五畝地，就是原先租龍二的那五畝。龍二是倒大楣了，他做上地主，神氣了不到四年，一解放他就完蛋了。共產黨沒收了他的田產，分給了從前的佃戶。他還死不認帳，去嚇唬那些佃戶，也有不買帳的，他就動手去打人家。龍二也是自找倒楣，人民政府把他抓了去，說他是惡霸地主。被送到城裡大牢後，龍二還是不識時務，那張嘴比石頭都硬，最後就給斃掉了。

槍斃龍二那天我也去看了。龍二死到臨頭才洩了氣，聽說他從城裡被押出來時眼淚汪汪，流著口水對一個熟人說：

「做夢也想不到我會被斃掉。」

龍二也太糊塗了，他以爲自己被關幾天就會放出來，根本不相信會被槍斃。那是在下午，槍決龍二就在我們的一個鄰村，事先有人挖好了坑。那天附近好幾個村里的人都來看了，龍二被五花大綁地押了過來，他差不多是被拖過來的，嘴巴半張著呼哧呼哧直喘氣。龍二從我身邊走過時看了我一眼，我覺得他沒認出我來，可走了幾步他硬是回過頭來，哭著鼻子對我喊道：

「福貴，我是替你去死啊。」

聽他這麼一喊，我慌了，想想還是離開吧，別看他怎麼死了。我從人堆裡擠出去，一個人往外走，走了十來步就聽到「砰」的一槍，我想龍二徹底完蛋了，可緊接著又是「砰」的一槍，下面又打了三槍，總共是五槍。我想是不是還有別的人也給斃掉，回去的路上我問同村的一個人：

「斃了幾個？」

他說：「就斃了龍二。」

龍二眞是倒楣透了，他竟挨了五槍，哪怕他有五條命也全報銷了。

斃掉龍二後，我往家裡走去時脖子上一陣陣冒冷氣，我是越想越險，要不是當初我爹和我是兩個敗家子，沒準被斃掉的就是我了。我摸摸自己的臉，又摸摸自己的胳膊，都好好的，我想想自己是該死卻沒死，我從戰場上撿了一條命回來，到了家龍二又成了我的替死鬼，我家的祖墳埋對了地方，我對自己說：

「這下可要好好活了。」

我回到家裡時，家珍正在給我納鞋底，她看到我的臉色嚇一跳，以爲我病了。當我把自己想的告訴她，她也嚇得臉蛋白一陣青一陣，嘴裡嘶嘶地說：

「眞險啊。」

後來我就想開了，覺得也用不著自己嚇唬自己，這都是命。常言道，大難不死必有後福。我想我的後半截該會越來越好了。我這麼對家珍說了，家珍用牙咬斷了線，看著我說：

「我也不想要什麼福分，只求每年都能給你做一雙新鞋。」

我知道家珍的話，我的女人是在求我們從今以後再不分開。看著她老了許多的臉，我心裡一陣酸疼。家珍說得對，只要一家人天天在一起，也就不在乎什麼福分了。

福貴的講述到這裡中斷，我發現我們都坐在陽光下了，陽光的移動使樹蔭悄悄離開我們，轉到了另一邊。福貴的身體動了幾下才站起來，他拍了拍膝蓋對我說：

「我全身都是越來越硬，只有一個地方越來越軟。」

我聽後不由高聲笑起來，朝他耷拉下去的褲襠看看，那裡沾了幾根青草。他也嘿嘿笑了一下，很高興我明白他的意思。然後他轉過身去喊那頭牛：

「福貴。」

那頭牛已經從水裡出來了，正在啃吃著池塘旁的青草，牛站在兩棵柳樹下面，牛背上的柳枝失去了垂直的姿態，出現了紛亂的彎曲，在牛的脊背上刷動，一些樹葉慢吞吞的掉落下去。老人又叫了一聲：

「福貴。」

牛的屁股像是一塊大石頭慢慢地移進了水裡，隨後牛腦袋從柳枝裡鑽了出來，兩隻圓滾滾的眼睛朝我們緩緩移來。老人對牛說：

「家珍他們早在幹活啦，你也歇夠了。我知道你還沒吃飽，誰讓你在水裡待這麼久？」

福貴牽著牛到了水田裡，給牛套上犁的工夫，他對我說：

「牛老了也和人老了一樣，餓了還得先歇一下，才吃得下去東西。」

我重新在樹蔭裡坐下來，將背包墊在腰後，靠著樹幹，用草帽扇著風。老牛的肚皮耷拉下來，長長一條，牠耕動時肚皮猶如一只大水袋一樣搖來晃去。我注意到福貴耷拉下去的褲襠，他的褲襠也在晃動，很像牛的肚皮。

那天我一直在樹蔭裡坐到夕陽西下，我沒有離開是因爲福貴的講述還沒有結束。

我回家後的日子苦是苦，過得還算安穩。鳳霞和有慶一天天大起來，我呢，一天比一天老了。我自己還沒覺著，家珍也沒覺著，我只是覺著力氣遠不如從前。到了有一天，我挑著一擔菜進城去賣，路過原先綢店那地方，一個熟人見到我就叫了：

「福貴，你頭髮白啦。」

其實我和他也只是半年沒見著，他這麼一叫，我才覺得自己是老了許多。回到家裡，我把家珍看了又看，看得她不知出了什麼事，低頭看看自己，又看看背後，才問：

「你看什麼呀。」

我笑著告訴她：「妳的頭髮也白了。」

那一年鳳霞十七歲了，鳳霞長成了女人的模樣，要不是她又聾又啞，提親的也該找上門來了。村裡人都說鳳霞長得好，鳳霞長得和家珍年輕時差不多。有慶也有十二歲了，有慶在城裡唸小學。

當初送不送有慶去唸書，我和家珍著實猶豫了一陣，沒有錢啊。鳳霞那時才十二、三歲，雖說也能幫我幹點田裡活，幫家珍幹些家裡活，可總還是要靠我們養活。我就和家珍商量是不是把鳳霞送給別人算了，好省下些錢供有慶唸書。別看鳳霞聽不到，不會說，她可聰明呢，我和家珍一說起把鳳霞送人的事，鳳霞馬上就會扭過頭來看我們，兩隻眼睛一眨一眨，看得我和家珍心都酸了，幾天不再提起那事。

眼看著有慶上學的年紀越來越近，這事不能不辦了。我就託村裡人出去時順便打聽打聽，有沒有人家願意領養一個十二歲的女孩。我對家珍說：

「要是碰上一戶好人家，鳳霞就會比現在過得好。」

家珍聽了點著頭，眼淚卻下來了。做娘的心腸總是要軟一些。我勸家珍想開點，鳳霞命苦，這輩子看來是要苦到底了。有慶可不能苦一輩子，要讓他唸書，唸書才會有個出息的日子。總不能讓兩個孩子都被苦捆住，總得有一個日後過得好一些。

村裡出去打聽的人回來說鳳霞大了一點，要是減掉一半歲數，要的人家就多了。這麼一說我們也就死心了。誰知過了一個來月，有兩戶人家捎信來要我們的鳳霞，一戶是領鳳霞去做女兒，另一戶是讓鳳霞去侍候兩個老人。我和家珍都覺得那戶沒有兒女的人家好，把鳳霞當女兒，總會多疼愛她一些，就傳口信讓他們來看看。他們來了，見了鳳霞夫妻兩個都挺喜歡，一知道鳳霞不會說話，他們就改變了主意，那個男的說：

「長得倒是挺乾淨的，只是……」

他沒往下說，客客氣氣地回去了。我和家珍只好讓另一戶人家來領鳳霞，那戶倒是不在乎鳳霞會不會說話，他們說只要勤快就行。

鳳霞被領走那天，我扛著鋤頭準備下地時，她馬上就提上籃子和鐮刀跟上了我。幾年來我在田裡幹活，鳳霞就在旁邊割草，已經習慣了。那天我看到她跟著，就推推她，讓她回去。她睜圓了眼睛看我，我放下鋤頭，把她拉回到屋裡，從她手裡拿過鐮刀和籃子，扔到了角落裡。她還是睜圓眼睛看著我，她不知道我們把她送給別人了。當家珍給她換上一件水紅顏色的衣服時，她不再看我，低著頭讓家珍給她穿上衣服，那是家珍用過去的旗袍改做的。家珍給她扣鈕扣時，她眼淚一顆一顆滴在自己腿上。鳳霞知道自己要走了。我拿起鋤頭走出去，走到門口我對家珍說：

「我下地了，領鳳霞的人來了，讓他帶走就是，別來見我。」

我到了田裡，揮著鋤頭幹活時，總覺得勁使不到點子上。我是心裡發虛啊，往四周看看，看不到鳳霞在那裡割草，覺得心都空了。想想以後幹活時再見不到鳳霞，我難受得一點力氣都沒有。這當兒我看到鳳霞站在田埂上，身旁一個五十來歲的男人拉著她的手。鳳霞的眼淚在臉上嘩嘩地流，她哭得身體一抖一抖，鳳霞哭起來一點聲音也沒有，她時不時抬起胳膊擦眼睛，我知道她這樣做是爲了看清楚她爹。那個男人對我笑了笑，說道：

「你放心吧，我會對她好的。」

說完他拉了拉鳳霞，鳳霞就跟著他走了。鳳霞手被拉著走去時，身體一直朝我這邊歪著，她一直在看著我。鳳霞走著走著，我就看不到她的眼睛了，再過一會，她擦眼睛抬起的胳膊也看不到了。這時我實在忍不住了，歪了歪頭眼淚掉了下來。家珍走過來時，我埋怨她：

「叫妳別讓他們過來，妳偏要讓他們過來見我。」

家珍說：「不是我，是鳳霞自己過來的。」

鳳霞走後，有慶不幹了。起先鳳霞被人領走時，有慶瞪著眼睛還不知道出了什麼事，直到鳳霞走遠了，他才晃著頭一步一步往回走。我看到他朝我這裡張望幾下，就是不過來問我。他還在家珍肚子裡時我就打過他，他看到我怕。

吃午飯時，桌子旁沒有了鳳霞，有慶吃了兩口就不吃了，眼睛對著我和家珍轉來轉去，家珍對他說：

「快吃。」

他搖搖小腦袋，問他娘：

「姊姊呢？」

家珍一聽這話頭便低下了，她說：

「你快吃。」

這小傢伙乾脆把筷子一放，對他娘叫道：

「姊姊什麼時候回來？」

鳳霞一走，我心裡本來就亂糟糟的，看到有慶這樣子，一拍桌子說：

「鳳霞不回來啦。」

有慶嚇得身體抖了一下，看看我沒再發火，他嘴巴歪了兩下，低著腦袋說：

「我要姊姊。」

家珍就告訴他，我們把鳳霞送給別人家了，爲了省下些錢供他上學。聽到把鳳霞送給了別人，有慶嘴一張哇哇地哭了，邊哭邊喊：

「我不上學，我要姊姊。」

我沒理他，心想他要哭就讓他哭吧，誰知他又叫了：

「我不上學。」

把我的心都叫亂了，我對他喊：

「你哭個屁。」

有慶給嚇住了，身體往後縮縮，看到我低頭重新吃飯，他就離開凳子，走到牆角，突然又喊了一聲：

「我要姊姊。」

我知道這次非揍他不可了，從門後拿出掃帚走過去，對他說：

「轉過去。」

有慶看看家珍，乖乖地轉了過去，兩隻手扶在牆上，我說：

「脫掉褲子。」

有慶腦袋扭過來，看看家珍，脫下了褲子後又轉過臉來看家珍，看到他娘沒過來攔我，他慌了。我舉起掃帚時，他怯生生的說：

「爹，別打我好嗎？」

他這麼說，我心也就軟了。有慶也沒有錯，他是鳳霞帶大的，他對姊姊親，想姊姊。我拍拍他的腦袋，說：

「快去吃飯吧。」

過了兩個月，有慶上學的日子到了。鳳霞被領走時穿了一件好衣服，有慶上學了還是穿得破破爛爛，家珍做娘的心裡怪難受的，她蹲在有慶跟前，替他這兒拉拉，那兒拍拍，對我說：

「都沒件好衣服。」

誰想到有慶這時候又說：

「我不上學。」

都過去了兩個月，我以爲他早忘了鳳霞的事，到了上學這一天，他又這麼叫了。這次我沒有發火，好言好語告訴他，鳳霞就是爲了他上學才送給別人的，他只有好好唸書才對得起姊姊。有慶倔勁上來了，他抬起腦袋衝我說：

「我就是不上學。」

我說：「你屁股又癢啦。」

他乾脆一轉身，腳使勁往地上蹬著走進了裡屋，進了屋後喊：

「你打死我，我也不上學。」

我想這孩子是要我揍他，就提著掃帚進去，家珍拉住我，低聲說：

「你輕點，嚇唬嚇唬就行了，別眞的揍他。」

我一進屋，有慶已經臥在床上了，褲子推到大腿下面，露著兩片小屁股，他是在等我去揍他。他這樣子反倒讓我下不了手，我就先用話嚇唬他：

「現在說上學還來得及。」

他尖聲喊：「我要姊姊。」

我朝他屁股上揍了一下，他抱著腦袋說：

「不疼。」

我又揍了一下，他還是說：

「不疼。」

這孩子是逼我使勁揍他，眞把我氣壞了。我就使勁往他屁股上揍，這下他受不了，哇哇的哭，我也不管，還是使勁揍。有慶總還小，過了一會，他實在疼得挺不住，求我了：

「爹，別打了，我上學。」

有慶是個好孩子。他上學第一天中午回來後，一看到我就哆嗦一下，我還以爲他是早晨被我打怕了，就親熱地問他學校好不好，他低著頭輕輕嗯了一下。吃飯的時候，他老是抬起頭來看看我，一副害怕的樣子，讓我心裡很不是滋味，想想早晨我出手也太重了。到飯快吃完的時候，有慶叫了我一聲：

「爹。」

他說：「老師要我自己來告訴你們，老師批評我了，說我坐在凳子上動來動去，不好好唸書。」

我一聽火就上來了，鳳霞都送給了別人，他還不好好唸書。我把碗往桌上一拍，他先哭了，哭著對我說：

「爹，你別打我。我是屁股疼得坐不下去。」

我趕緊把他褲子剝下來一看，有慶的屁股上青一塊紫一塊，那是早晨揍的，這樣怎麼讓他在凳子上坐下去。看著兒子那副哆嗦的樣子，我鼻子一酸，眼睛也濕了。

鳳霞讓別人領去才幾個月，她就跑了回來。鳳霞回來時夜深了，我和家珍在床上，聽到有人在外面敲門，先是很輕地敲了一下，過了一會又敲了兩下。我想是誰呀，這麼晚了。爬起來去開門，一開門看到是鳳霞，都忘了她聽不到，趕緊叫：

「鳳霞，快進來。」

我這麼一叫，家珍一下子從床上下來，沒穿鞋就往門口跑。我把鳳霞拉進來，家珍一把將她抱過去嗚嗚地哭了。我推推她，讓她別這樣。

鳳霞的頭髮和衣服都被露水沾濕了，我們把她拉到床上坐下，她一隻手扯住我的袖管，一隻手拉住家珍的衣服，身體一抖一抖哭得都哽住了。家珍想去拿條毛巾給她擦擦頭髮，她拉住家珍的衣服就是不肯鬆開，家珍只得用手去替她擦頭髮。過了很久，她才止住哭，抓住我們的手也鬆開。我把她兩隻手拿起來看了又看，想看看那戶人家是不是讓鳳霞做牛做馬地幹活，看了很久也看不出個究竟來，鳳霞手上厚厚的繭在家裡就有了。我又看她的臉，臉上也沒有什麼傷痕，這才稍稍有些放心。

鳳霞頭髮乾了後，家珍替她脫了衣服，讓她和有慶睡一頭。鳳霞躺下後，睜眼看著睡著的有慶好一會，偷偷笑了一下，才把眼睛閉上。有慶翻了個身，把手擱在鳳霞嘴上，像是打他姊姊巴掌似的。鳳霞睡著後像隻小貓，又乖又安靜，一動不動。

有慶早晨醒來一看到他姊姊，使勁搓眼睛，搓完眼睛看看還是鳳霞，衣服不穿就從床上跳下來，張著個嘴一聲聲喊：

「姊姊，姊姊。」

這孩子一早晨嘻嘻笑個不停。家珍讓他快點吃飯，還要上學去。他就笑不出來了，偷偷看了我一眼，低聲問家珍：

「今天不上學好嗎？」

我說：「不行。」

他不敢再說什麼，當他背著書包出門時狠狠蹬了幾腳，隨即怕我發火，飛快地跑了起來。有慶走後，我讓家珍拿身乾淨衣服出來，準備送鳳霞回去，一轉身看到鳳霞提著籃子和鐮刀站在門口等著我了，鳳霞哀求地看著我，教我實在不忍心送她回去，我看看家珍，家珍看著我的眼睛也像是在求我，我對她說：

「讓鳳霞再待一天吧。」

我是吃過晚飯送鳳霞回去的，鳳霞沒有哭，她可憐巴巴地看看她娘，看看她弟弟，拉著我的袖管跟我走了。有慶在後面又哭又鬧，反正鳳霞聽不到，我沒理睬他。

那一路走得真是教我心裡難受，我不讓自己去看鳳霞，一直往前走，走著走著天黑了，風颼颼地吹在我臉上，又灌到脖子裡去。鳳霞雙手捏住我的袖管，一點聲音也沒有。天黑後，路上的石子絆著鳳霞，走上一段鳳霞的身體就搖一下，我蹲下去把她兩隻腳揉一揉，鳳霞兩隻小手擱在我脖子上，她的手很冷，一動不動。後面的路是我背著鳳霞走去，到了城裡，看看離那戶人家近了，我就在路燈下把鳳霞放下來，把她看了又看，鳳霞是個好孩子，到了那時候也沒哭，只是睜大眼睛看我，我伸手去摸她的臉，她也伸過手來摸我的臉。她的手在我臉上一摸，我再也不願意送她回那戶人家去了。背起鳳霞就往回走，鳳霞的小胳膊勾住我的脖子，走了一段她突然緊緊抱住了我，她知道我是帶她回家了。

回到家裡，家珍看到我們怔住了，我說：

「就是全家都餓死，也不送鳳霞回去。」

家珍輕輕笑了，笑著笑著眼淚掉了出來。

有慶唸了兩年書，到了十歲光景，家裡日子算是好過一些了，那時鳳霞也跟著我們一起下地幹活，鳳霞已經能自己養活自己了。家裡還養了兩頭羊，全靠有慶割草去餵牠們。每天矇矇亮時，家珍就把有慶叫醒，這孩子把鐮刀扔在籃子裡，一隻手提著，一隻手搓著眼睛跌跌衝衝走出屋門去割草，那樣子怪可憐的，孩子在這個年紀是最睡不醒的，可有什麼辦法呢？沒有有慶去割草，兩頭羊就得餓死。到了有慶提著一籃草回來，上學也快遲到了，急忙往嘴裡塞一碗飯，邊嚼邊往城裡跑。中午跑回家又得割草，餵了羊再自己吃飯，上學自然又來不及了。有慶十來歲的時候，一天兩次來去就得跑五十多里路。

有慶這麼跑，鞋當然壞得快，家珍是城裡有錢人家出身，覺得有慶是上學的孩子了，不能再光著腳丫，給他做了一雙布鞋。我倒覺得上學只要把書唸好就行，穿不穿鞋有什麼關係。有慶穿上新鞋才兩個月，我看到家珍又在納鞋底，問她是給誰做鞋，她說是給有慶。

田裡的活已經把家珍累得說話都沒力氣了，有慶非得把他娘累死。我把有慶穿了兩個月的鞋拿起來一看，這哪還是鞋，鞋底磨穿了不說，一隻鞋連鞋幫都掉了。等有慶提著滿滿一籃草回來時，我把鞋扔過去，揪住他的耳朵讓他看看：

「你這是穿的？還是啃的？」

有慶摸著被揪疼的耳朵，咧了咧嘴，想哭又不敢哭。我警告他：

「你再這樣穿鞋，我就把你的腳砍掉。」

其實是我沒道理，家裡的兩頭羊全靠有慶餵牠們，這孩子在家幹這麼重的活，耽誤了上學時間總是跑著去，中午放學想早點回來割草，又跑著回來。不說羊糞肥田這事，就是每年剪了羊毛去賣了的錢，也不知道能給有慶做多少雙鞋。我這麼一說以後，有慶上學就光著腳丫跑去，到了學校再穿上鞋。有一次都下雪了，他還是光著腳丫在雪地裡吧噠吧噠往學校跑，讓我這個做爹的看得好心疼，我叫住他：

「你手裡拿著什麼？」

這孩子站在雪地裡看著手裡的鞋，可能是糊塗了，都不知道說什麼。我說：

「那是鞋，不是手套，你給我穿上。」

他這才穿上了鞋，縮著腦袋等我下面的話，我向他揮揮手：

「你走吧。」

有慶轉身往城裡跑，跑了沒多遠，我看到他又脫下了鞋。這孩子讓我一點辦法都沒有。

到了五八年，人民公社成立了。我家那五畝地全劃到了人民公社名下，只留下屋前一小塊自留地。村長也不叫村長了，改叫成隊長。隊長每天早晨站在村口的榆樹下吹口哨，村裡男男女女都扛著傢伙到村口去集合，就跟當兵一樣，隊長將一天的活派下來，大夥就分頭去幹。村裡人都覺得新鮮，排著隊下地幹活，嘻嘻哈哈地看著別人的樣子笑。我和家珍、鳳霞排著隊走去還算整齊，有些人家老的老小的小，中間有個老太太還扭著小腳，排出來的隊伍難看死了，連隊長看了都說：

「你們這一家啊，橫看豎看還是不看好。」

家裡五畝田歸了人民公社，家珍心裡自然捨不得，過來的十來年，我們一家全靠這五畝田養活，眼睛一眨，這五畝田成了大夥的了，家珍常說：

「往後要是再分田，我還是要那五畝。」

誰知沒多少日子，連家裡的鍋都歸了人民公社，說是要煮鋼鐵，那天隊長帶著幾個人挨家挨戶來砸鍋，到了我家，笑嘻嘻地對我說：

「福貴，是你自己拿出來呢？還是我們進去砸？」

我心想反正每家的鍋都得砸，我家怎麼也逃不了，就說：

「自己拿，我自己拿。」

我將鍋拿出來放在地上，兩個年輕人揮起鋤頭就砸，才那麼三、五下，好端端的一口鍋就被砸爛了。家珍站在一旁看著心疼得都掉出了眼淚，家珍對隊長說：

「這鍋砸了往後吃什麼？」

「吃食堂。」隊長揮著手說。「村裡辦了食堂，砸了鍋誰都用不著在家做飯啦，省出力氣往共產主義跑，餓了只要抬抬腿往食堂門檻裡放，魚啊肉啊撐死你們。」

村裡辦起了食堂，家中的米鹽柴什麼的也全被村裡沒收了，最可惜的是那兩頭羊，有慶把牠們養得肥肥壯壯的，也要充公。那天上午，我們一家扛著米，端著鹽往食堂送時，有慶牽著兩頭羊，低著腦袋往曬場去。他心裡是一百個不願意，那兩頭羊可是他一手餵大的，他天天跑著去學校，又跑著回來，都是爲了家裡的羊。他把羊牽到曬場上，村裡別的人家也把牛羊牽到了那裡，交給飼養員王喜。別人雖說心裡捨不得，交給王喜後也都走開了，只有有慶還在那裡站著，咬著嘴唇一動不動，末了可憐巴巴地問王喜：

「我每天都能來抱抱牠們嗎？」

村裡食堂一開張，吃飯時可就好看了，每戶人家派兩個人去領飯菜，排出長長一隊，看上去就跟我當初被俘虜後排隊領饅頭一樣。每家都是讓女人去，嘰嘰喳喳聲音響得就和曬稻穀時麻雀一群群飛來似的。隊長說得沒錯，有了食堂確實省事，餓了只要排個隊就有吃有喝了。那飯菜敞開吃，能吃多少就吃多少，天天都有肉吃。最初的幾天，隊長端著個飯碗嘻嘻笑著挨家串門，問大夥：

「省事了吧？這人民公社好不好？」

大夥也高興，都說好，隊長就說：

「這日子過得比當二流子還舒坦。」

家珍也高興，每回和鳳霞端著飯菜回來時就會說：

「又吃肉啦。」

家珍把飯菜往桌上一放，就出門去喊有慶，有慶有慶得喊上一陣子，才看見他提著滿滿一籃草在田埂上橫著跑過去。這孩子是給那兩頭羊送草去。村裡三頭牛和二十多頭羊全被關在一個棚裡，那群牲畜一歸了人民公社，就倒楣了，常常挨餓，有慶一進去就全圍上來，有慶就對著牠們叫：

「喂，喂，你們在哪裡？」

他的兩頭羊在羊堆裡拱出來，有慶才會把草倒在地上，還得使勁把別的羊推開，一直侍候自己的羊吃完，有慶這才呼哧呼哧滿頭是汗地跑回家來，上學也快遲到了，這孩子跟喝水似的把飯吃下去，抓起書包就跑。

看著他還是每天這麼跑來跑去，我心裡那個氣，嘴上又不好說，說出來怕別人聽到了會說我落後，有一次我實在忍不住，就說：

「別人拉屎你擦什麼屁股？」

有慶聽了這話，沒明白過來，看了我一會後噗哧笑了，氣得我差點沒給他一巴掌，我說：

「這羊早歸了公社，管你屁事。」

有慶每天三次給羊送草去，到了天快黑的時候，他還要去一次抱抱那兩頭羊。管牲畜的王喜見他這麼喜歡自己的羊，就說：

「有慶，你今晚就領回家去吧，明天一早送回來就是了。」

有慶知道我不會讓他這麼幹，搖搖頭對王喜說：

「我爹要罵我的，我就這麼抱一抱吧。」

日子一長，棚裡的羊也就越少，過幾天就要宰一頭。到後來只有有慶一個人送草去了，王喜見了我常說：

「就有慶還天天惦記著牠們，別人是要吃肉了才會想到牠們。」

村裡食堂開張後兩天，隊長讓兩個年輕人進城去買煮鋼鐵的鍋，那些砸爛的鍋和鐵皮什麼都堆在曬場上，隊長指著它們說：

「得趕緊把它們給煮了，不能老讓它們閒著。」

兩個年輕人拿著草繩和扁擔進城去後，隊長陪著城裡請來的風水先生在村裡轉悠開了，說是要找一塊風水寶地煮鋼鐵。穿長衫的風水先生笑咪咪地走來走去，走到一戶人家跟前，那戶人家就得倒吸一口冷氣，這弓著背的老先生只要一點頭，那戶人家的屋子就完蛋了。

隊長陪著風水先生來到了我家門口，我站在門前心裡咚咚地打鼓，隊長說：

「福貴，這位是王先生，到你這兒來看看。」

「好，好。」我連連點著頭。

風水先生雙手背在身後，前後左右看了一會，嘴裡說：
「好地方，好風水。」
我聽了這話眼睛一黑，心想這下完蛋了。好在這時家珍走了出來，家珍看到是她認識的王先生，就叫了一聲，王先生說：
「是家珍啊。」
家珍笑著說：「進屋喝碗茶吧。」
王先生擺了擺手，說道：
「改日再喝，改日再喝。」
家珍說：「聽我爹說你這些日子忙壞了？」
「忙，忙。」王先生點著頭說。「請我看風水的都排著隊呢。」
說著王先生看看我，問家珍：
「這位就是？」
家珍說：「是福貴。」
王先生眼睛笑得瞇成了一條縫，點著頭說：

「我知道，我知道。」

看著王先生這副模樣，我知道他是想起我從前賭光家產的事。我就對王先生嘿嘿笑了，王先生向我們雙手抱拳說：

「改日再聊。」

說完他轉身對隊長說：

「到別處去看看。」

隊長和風水先生一走，我才徹底鬆了一口氣，我這間茅屋算是沒事了，可村裡老孫家倒大楣了，風水先生看中了他家的屋子。隊長讓他家把屋子騰出來，老孫頭嗚嗚地哭，蹲在屋角就是不肯搬，隊長對他說：

「哭什麼，人民公社給你蓋新屋。」

老孫頭雙手抱住腦袋，還是哭，什麼話都不說。到了傍晚，隊長看看沒有別的法子了，就叫上村裡幾個年輕人，把老孫頭從屋裡拉出來，將裡面的東西也搬到外面。老孫頭被拉出來後，雙手抱住了一棵樹，怎麼也不肯鬆手，拉他的兩個年輕人看看隊長說：

「隊長，拉不動啦。」

隊長扭頭看了看，說：

「行啦，你們兩個過來點火。」

那兩個年輕人拿著火柴，站到凳子上，對著屋頂的茅草劃燃了火柴。屋頂的茅草本來就發霉了，加上昨天又下了一場雨，他們怎麼也燒不起來。隊長說：

「他娘的，我就不信人民公社的火還燒不掉這破屋子。」

說著隊長捲了捲袖管準備自己動手，有人說：

「澆上油，一點就燃。」

隊長一想後說：「對啊，他娘的，我怎麼沒想到，快去食堂取油。」

原先我只覺得自己是個敗家子，想不到我們隊長也是個敗家子。我啊，就站在不到百步的地方，看著隊長他們把好端端的油倒在茅草上，那油可都是從我們嘴裡挖出來的，被他們一把火燒沒了。那茅草澆上了我們吃的油，火苗子呼呼地往上竄，黑煙在屋頂滾來滾去。我看到老孫頭還是抱著那棵樹，他是眼睜睜看著自己的窩沒了。老孫頭可憐，等到屋頂燒成了灰，四面土牆也燒黑了，他才抹著眼淚走開，村裡人聽到他說：

「鍋砸了，屋子燒了，看來我也得死了。」

那晚上我和家珍都睡不踏實，要不是家珍認識城裡看風水的王先生，我這一家人都不知道要睡到哪裡去了。想來想去這都是命，只是苦了老孫頭，家珍總覺得這災禍是我們推到他身上去的，我想想也是這樣。我嘴上不這麼說，我說：

「是災禍找到他，不能說是我們推給他的。」

煮鋼鐵的地方算是騰出來了，去城裡買鍋的也回來了。他們買了一只汽油桶回來，村裡很多人以前沒見過汽油桶，看著都很稀奇，問這是什麼玩意，我以前打仗時見過，就對他們說：

「這是汽油桶，是汽車吃飯用的飯碗。」

隊長用腳踢踢汽車的飯碗，說：

「太小啦。」

買來的人說：「沒有更大的了，只能一鍋一鍋煮了。」

隊長是個喜歡聽道理的人，不管誰說什麼，他只要聽著有理就相信。他說：

「也對，一口吃不成個大胖子，就一鍋一鍋煮吧。」

有慶這孩子看到我們很多人圍著汽油桶，提著滿滿一籃草不往羊棚送，先擠到我們這兒來了，他的腦袋從我腰裡一擦一磨地鑽出來，我想是誰呀，低頭一看是自己兒子。有慶對著隊長喊：

「煮鋼鐵桶裡要放上水。」

大夥聽了都笑，隊長說：

「放上水？你小子是想煮肉吧。」

有慶聽了這話也嘻嘻笑，他說：

「要不鋼鐵沒煮成，桶底就先煮爛啦。」

誰知隊長聽了這話，眉毛往上一吊，看著我說：

「福貴，這小子說得還眞對。你家出了個科學家。」

隊長誇獎有慶，我心裡當然高興，其實有慶是出了個餿主意。汽油桶在原先老孫頭家架了起來，將砸爛的鍋和鐵皮什麼的扔了進去，裡面還眞的放上了水，桶頂蓋一個木蓋，就這樣煮起了鋼鐵。裡面的水一開，那木蓋就噗噗地跳，水蒸氣呼呼地往外衝，這煮鋼鐵跟煮肉還眞是差不多。

隊長每天都要去看幾次，每次揭開木蓋時，裡面發大水似的衝出來的蒸氣都嚇得他跳開好幾步，嘴裡喊著：

「燙死我啦。」

等到水蒸氣少了一些，他就拿著根扁擔伸到桶裡敲了敲，敲完後罵道：

「他娘的，還硬邦邦的。」

村裡煮鋼鐵那陣子，家珍病了。家珍得了沒力氣的病，起先我還以爲她是年紀大了，才這樣的。那天村裡挑羊糞去肥田，那時候田裡插滿了竹竿，原先竹竿上都是紙做的小紅旗，幾場雨一下，紅旗全沒了，只在竹竿上沾了些紅紙屑。家珍也挑著羊糞，她走著走著腿一軟坐在了地上，村裡人見了都笑，說是：

「福貴夜裡幹狠了。」

家珍自己也笑了，她站起來試著再挑，那兩條腿就哆嗦，抖得褲子像是被風吹的那樣亂動起來。我想她是累了，就說：

「妳歇一會吧。」

剛說完，家珍又坐到了地上，擔子裡的羊糞潑出來蓋住了她的腿。家珍的臉一下子紅了，她對我說：

「我也不知道是怎麼了。」

我以爲家珍只要睡上一覺，第二天就會有力氣的。誰想到以後的幾天家珍再也挑不動擔子了，她只能幹些田裡的輕活。好在那時是人民公社，要不這日子又難熬了。家珍得了病，心裡自然難受，到了夜裡她常偷偷問我：

「福貴，我會拖累你們嗎？」

我說：「妳別想這事了，年紀大了都這樣。」

到那時我還沒怎麼把家珍的病放在心上，我心想家珍自從嫁給我以後，就沒過上好日子，現在年紀大了，也該讓她歇一歇了。誰知道過了一個來月，家珍的病一下子重了，那晚上我們一家守著那汽油桶煮鋼鐵，家珍病倒了，我才嚇一跳，才想到要送家珍去城裡醫院看看。

那時候鋼鐵煮了有兩個多月了，還是硬邦邦的，隊長覺得不能讓村裡最強壯的幾個勞動力整日整夜地守著汽油桶，他說：

「往後就挨家挨戶輪了。」

輪到我家時，隊長對我說：

「福貴，明天就是國慶節了，把火燒得旺些，怎麼也得給我把鋼鐵煮出來。」

我讓家珍和鳳霞早早地去食堂守著，好早些把飯菜打回來，吃完了去接替人家，我怕去晚了人家會說閒話。可是家珍和鳳霞打了飯菜回來，左等右等不見有慶回來，家珍站在門前喊得額頭都出汗了，我知道這孩子準是割了草送到羊棚去了。我對家珍說：

「你們先吃。」

說完我出門就往村裡羊棚去，心想這孩子太不懂事了，不幫著家珍幹些家裡的活，整天就知道割羊草，胳膊一個勁地往外拐。我走到羊棚前，看到有慶正把草倒在地上，棚裡只有六隻羊了，全擠上來搶著吃草，有慶提著籃子問王喜：

「他們會宰我的羊嗎？」

王喜說：「不會了，把羊吃光了，上哪兒去找肥料，沒有了肥料田裡的莊稼就長不好。」

王喜看到我走進去，對有慶說：

「你爹來了，你快回去吧。」

有慶轉過身來，我伸手拍拍他的腦袋，這孩子剛才問王喜時的可憐腔調，讓我有火發不出。我們往家裡走去，有慶看到我沒發火，高興地對我說：

「他們不會宰我的羊了。」

我說：「宰了才好。」

到了晚上，我們一家就守著汽油桶煮鋼鐵了，我負責往桶裡加水，鳳霞拿一把扇子搧火，家珍和有慶撿樹枝。一直幹到半夜，村裡所有人家都睡了，我都加了三次水，拿一根樹枝往裡捅了捅，還是硬邦邦的。家珍累得滿臉是汗，她彎腰放下樹枝時都跪在了地上。我蓋上木蓋對她說：

「妳怕是病了。」

家珍說：「我沒病，只是覺得身體軟。」

那時候有慶靠著一棵樹像是睡著了，鳳霞兩隻手換來換去地搧著風，她是胳膊疼了。我去推推她，她以爲我要替她，轉過臉來直搖頭，我就指指有慶，要她把有慶抱回家去，她這才點著頭站起來。村裡羊棚裡傳來咩咩的叫聲，睡著的有慶聽到這聲音咯咯地笑了，當鳳霞要去抱他時，他突然睜開眼睛說：

「是我的羊在叫。」

我還以爲他睡著了，看到他睜開眼睛，又說是他的羊什麼的，我火了，對他說：

「是人民公社的羊，不是你的。」

這孩子嚇一跳，瞌睡全沒了，眼睛定定地看著我。家珍推推我，說我：

「你別嚇唬他。」

說著蹲下去對有慶輕聲說：

「有慶，你睡吧，睡吧。」

這孩子看看家珍，點點頭閉上了眼睛，沒一會兒工夫就呼呼地睡去了，我把有慶抱起來，放到鳳霞背脊上，打著手勢告訴鳳霞，讓她和有慶回家去睡覺，別來了。

鳳霞背著有慶走後，我和家珍坐在了火前，那時天很涼了，坐在火前暖和，家珍累得一點力氣都沒了，胳膊抬起來都費勁，我就讓家珍靠著我，說：

「妳就閉上眼睛睡一會吧。」

家珍的腦袋往我肩膀上一靠，我的瞌睡也來了，腦袋老往下掉，我使勁挺一會，不知不覺又掉了下去。我最後一次往火裡加了樹枝後，腦袋掉下去就沒再抬起來。

我不知道自己睡了有多久，後來轟的一聲巨響，把我嚇得從地上一下子坐起來，那時候天都快亮了，我看到汽油桶已經倒在了地上，火像水一樣流成一片在燒，我身上蓋著家珍的衣服，我立刻跳起來，圍著汽油桶跑了兩圈，沒見到家珍，我嚇壞了，吼著嗓子叫：

「家珍，家珍。」

我聽到家珍在池塘那邊輕聲答應，我跑過去看到家珍坐在地上，正使勁想站起來，我把她扶起來時，發現她身上的衣服都濕透了。

我睡著以後，家珍一直沒睡，不停地往火上加樹枝，後來桶裡的水快煮乾了，她就拿著木桶去池塘打水，她身上沒力氣，拿著個空桶都累，別說是滿滿一桶水了，她提起來才走了五、六步就倒在地上，她坐在地上歇了一會，又去打了一桶水，這會她走一步歇一下，可剛剛走上池塘人又滑倒了，前後兩桶水全潑在她身上，她坐在地上沒力氣起來了，一直等到我被那聲巨響嚇醒。

看到家珍沒傷著，我懸著的心放下了，我把家珍扶到汽油桶前，還有一點火在燒，我一看是桶底煮爛了，心想這下糟了。家珍一看這情形，也傻了，她一個勁地埋怨自己。

「都怪我，都怪我。」

我說：「是我不好，我不該睡著。」

我想著還是快些去報告隊長吧，就把家珍扶到那棵樹下，讓她靠著樹坐下。自己往我家從前的宅院，後來是龍二，現在是隊長的屋子跑去，跑到隊長屋前，我使勁喊：

「隊長，隊長。」

隊長在裡面答應：「誰呀？」

我說：「是我，福貴，桶底煮爛啦。」

隊長問：「是鋼鐵煮成啦？」

我說：「沒煮成。」

隊長罵道：「那你叫個屁。」

我不敢再叫了，在那裡站著不知道該怎麼辦，那時候天都亮了，我想了想還是先送家珍去城裡醫院吧，家珍的病看樣子不輕，這桶底煮爛的事待我從醫院回來再去向隊長做個交代。我先回家把鳳霞叫醒，讓她也去，家珍是走不動了，我年紀大了，背著家珍來去走二十多里路看來不行，只能和鳳霞輪流著背她。

我背起家珍往城裡去，鳳霞走在一旁，家珍在我背上說：

「我沒病，福貴，我沒病。」

我知道她是捨不得花錢治病，我說：

「有沒有病，到醫院一看就知道了。」

家珍不願意去醫院，一路上嘟嘟噥噥的。走了一段，我沒力氣了，就讓鳳霞替我。鳳霞力氣比我都大，背著她娘走起路來咚咚響，家珍到了鳳霞背脊上，不再嘟噥什麼，突然笑起來，寬慰地說：

「鳳霞長大了。」

家珍說完這話眼睛一紅，又說：

「鳳霞要是不得那場病就好了。」

我說：「都多少年的事了，還提它幹什麼。」

城裡醫生說家珍得了軟骨病，說這種病誰也治不了，讓我們把家珍背回家，能給她吃得好一點就吃得好一點，家珍的病可能會越來越重，也可能就這樣了。回來的路上是鳳霞背著家珍，我走在邊上心裡是七上八下，家珍得了誰也治不了的病，我是越想越怕，這輩子這麼快就到了這裡，看著家珍瘦得都沒肉的臉，我想她嫁給我後就沒過上一天好日子。

家珍反倒有些高興，她在鳳霞背上說：

「治不了才好，哪有錢治病。」

快到村口時，家珍說她好些了，要下來自己走，她說：

「別嚇著有慶了。」

她是擔心有慶看到她這副模樣會害怕，做娘的心裡就是想得細。她從鳳霞背上下來，我們去扶她，她說自己能走，說：

「其實也沒什麼病。」

這時村裡傳來了鑼鼓聲，隊長帶著一隊人從村口走出來，隊長看到我們後高興地揮著手喊道：

「福貴，你們家立大功啦。」

我是丈二和尚摸不著頭腦，不知道立了什麼大功，等他們走近了，我看到兩個村裡的年輕人抬著一塊亂七八糟的鐵，上面還翹著半個鍋的形狀，和幾片聳出來的鐵片，一塊紅布掛在上面。隊長指指這塊爛鐵說：

「你家把鋼鐵煮出來啦，趕上這國慶節的好時候，我們上縣裡去報喜。」

一聽這話我傻了，我還正擔心著桶底煮爛了怎麼去向隊長交代，誰想到鋼鐵竟然煮出來了。隊長拍拍我的肩膀說：

「這鋼鐵能造三顆砲彈，全部打到台灣去，一顆打在蔣介石床上，一顆打在蔣介石吃飯的桌上，一顆打在蔣介石家的羊棚裡。」

說完隊長手一揮，十來個敲鑼打鼓的人使勁敲打起來，他們走過去後，隊長在鑼鼓聲裡回過頭來喊道：

「福貴，今天食堂吃包子，每個包子都包進了一頭羊，全是肉。」

他們走遠後，我問家珍：

「這鋼鐵真的煮成了？」

家珍搖搖頭，她也不知道是怎麼煮成的。我想著肯定是桶底煮爛時，鋼鐵煮成的。要不是有慶出了個餿主意，往桶裡放水，這鋼鐵早就能煮成了。等我們回到家裡時，有慶站在屋前哭得肩膀一抖一抖，他說：

「他們把我的羊宰了，兩頭羊全宰了。」

有慶傷心了好幾天，這孩子每天早晨起來後，用不著跑著去學校了。我看著他在屋前遊來蕩去，不知道該幹什麼，往常這個時候他都是提著個籃子去割草了。家珍叫他吃飯，叫一聲他就進來坐到桌前，吃完飯背起書包繞到村裡羊棚那裡看看，然後無精打采地往城裡學校去了。

村裡的羊全宰了吃光了，那三頭牛因爲要犁田才保住性命，糧食也快吃光了。隊長說到公社去要點吃的來，每次去都帶了十來個年輕人，扛著十來根扁擔，那樣子像是要去扛一座金山回來，可每次回來仍然是十來個人十來根扁擔，一粒米都沒拿到，隊長最後一次回來後說：

「從明天起食堂散夥了，大夥趕緊進城去買鍋，還跟過去一樣，各家吃各家自己的。」

當初砸鍋憑隊長一句話，買鍋了也是憑隊長一句話。食堂把剩下的糧食按人頭分到各家，我家分到的只夠吃三天。好在田裡的稻子再過一個月就收起來了，怎麼熬也能熬過這一個月。

村裡人下地幹活開始記工分了，我算是一個壯勞力，給我算十分，家珍要是不病，能算她八分，她一病只能幹些輕活，也就只好算四分了。好在鳳霞長大了，鳳霞在女人裡面算是力氣大的，她每天能掙七個工分。

家珍心裡難受，她掙的工分少了一半，想不開，她總覺得自己還能幹重活，幾次都去對隊長說，說她也知道自己有病，可現在還能幹重活，她說：

「等我眞幹不動了再給我記四分吧。」

隊長一想也對，就對她說：

「那妳去割稻子吧。」

家珍拿著把鐮刀下到稻田裡，剛開始割得還眞快，我看著心想是不是醫生弄錯了。可割了一道，她身體就有些搖晃了，割第二道時慢了許多，我走過去問她：

「妳行嗎？」

她那時滿臉是汗，直起腰來還埋怨我：

「你幹你的，過來幹什麼？」

她是怕我這麼一過去，別人都注意她了。我說：

「妳自己留意著身體。」

她急了，說：「你快走開。」

我搖搖頭，只好走開。我走開後沒過多久，聽到那邊噗通一聲，我心想不好，抬頭一看家珍摔在地上了。我走到跟前，家珍雖說站了起來，可兩條腿直哆嗦，她摔下去時頭碰著了鐮刀，額頭都破了，血在那裡流出來。她苦笑著看我，我一句話不說，背起她就往家裡去，家珍也不反抗，走了一段，家珍哭了，她說：

「福貴，我還能養活自己嗎？」

「能。」我說。

以後家珍也就死心了，雖然她心疼丟掉的那四個工分，想著還能養活自己，家珍多少還是能常常寬慰自己。

家珍病後，鳳霞更累了，田裡的活一點沒少幹，家裡的活她也得多幹，好在鳳霞年紀輕，一天累到晚，睡上一覺就又有力氣有精神了。有慶開始幫著幹些自留地上的活，有天傍晚我收工回家，在自留地鋤草的有慶叫了我一聲，我走過去，這孩子手摸著鋤頭柄，低著頭說：

「我學會了很多字。」

我說：「好啊。」

他抬頭看了我一眼，又說：

「這些字夠我用一輩子了。」

我想這孩子口氣眞大，也沒在意他是什麼意思，我隨口說：

「你還得好好學。」

他這才說出眞話來，他說：

「我不想唸書了。」

我一聽臉就沉下了，說：

「不行。」

其實讓有慶退學，我也是想過的，我打消這個念頭是爲了家珍，有慶不唸書，家珍會覺得是自己的病拖累他的。我對有慶說：

「你不好好唸書，我就宰了你。」

說過這話後，我有些後悔，有慶還不是爲了家裡才不想唸書的，這孩子十二歲就這麼懂事了，讓我又高興又難受，想想以後再不能隨便打罵他了。這天我進城賣菜，賣完了我花五分錢給有慶買了五顆糖，這是我這個做爹的第一次給兒子買東西，我覺得該疼愛疼愛有慶了。

我挑著空擔子走進學校，學校裡只有兩排房子，孩子在裡面咿呀咿呀地唸書，我挨個教室去看有慶。有慶在最邊上的教室，一個女老師站在黑板前講些什麼。我站在一個窗口看到了有慶，一看到有慶我氣就上來了，這孩子不好好唸書，正用什麼東西往前面一個孩子頭上扔。爲了他唸書，鳳霞都送給過別人，家珍病成這樣也沒讓他退學，他嘻嘻哈哈跑到課堂上來玩了。當時我氣得什麼都顧不上了，把擔子一放，衝進教室對準有慶的臉就是一巴掌。有慶挨了一巴掌才看到我，他嚇得臉都白了，我說：

「你氣死我啦。」

我大聲一吼，有慶的身體就哆嗦一下，我又給了他一巴掌，有慶縮著身體完全嚇傻了。這時那個女老師走過來氣沖沖問我：

「你是什麼人？這是學校，不是鄉下。」

我說：「我是他爹。」

我正在氣頭上，嗓門很大。那個女老師火也跟著上來，她尖著嗓子說：

「你出去，你哪像是爹，我看你像法西斯，像國民黨。」

法西斯我不知道，國民黨我就知道了。我知道她是在罵我，難怪有慶不好好唸書，他攤上了一個罵人的老師。我說：

「妳才是國民黨，我見過國民黨，就像妳這麼罵人。」

那個女老師嘴巴張了張，沒說話倒哭上了。旁邊教室的老師過來把我拉了出去，他們在外面將我圍住，幾張嘴同時對我說話，我是一句都沒聽清。後來又過來一個女老師，我聽到他們叫她校長，校長問我爲什麼打有慶，我一五一十地把鳳霞過去送人，家珍病後沒讓有慶退學的事全說了，那位女校長聽後對別的老師說：

「讓他回去吧。」

我挑著擔子走時，看到所有教室的窗口都擠滿了小腦袋，在看我的熱鬧。這下我可把自己兒子得罪了，有慶最傷心的不是我揍他，是當著那麼多老師和同學出醜。我回到家裡氣還沒消，把這事跟家珍說了，家珍聽完後埋怨我，她說：

「你呀，你這樣讓有慶在學校裡怎麼做人。」

我聽後想了想，覺得自己確實有些過分，丟了自己的臉不說，還丟了我兒子的臉。這天中午有慶放學回家，我叫了他一聲，他理都不理我，放下書包就往外走，家珍叫了他一聲，他就站住了，家珍讓他走過去。有慶走到他娘身邊，脖子就一抽一抽了，哭得那個傷心啊。

後來的一個多月裡，有慶死活不理我，我讓他幹什麼他馬上幹什麼，就是不和我說話。這孩子也不做錯事，讓我發脾氣都找不到地方。

想想也是自己過分，我兒子的心教我給傷透了。好在有慶還小，又過了一陣子，他在屋裡進出脖子沒那麼直了。雖然我和他說話，他還是沒答理，臉上的模樣我還是看得出來的，他不那麼記仇了，有時還偷偷看我。我知道他那麼久不和我說話，是不好意思突然開口。我呢，也不急，是我的兒子總是要開口叫我的。

食堂散夥以後，村裡人家都沒了家底，日子越過越苦，我想著把家裡最後的積蓄拿出來，去買一頭羊羔。羊是最養人的，能肥田，到了春天剪了羊毛還能賣錢。再說也是爲了有慶，要是給這孩子買一頭羊羔回來，他不知道會有多高興。

我跟家珍一商量，家珍也高興，說你快去買吧。當天下午，我將錢揣在懷裡就進城去了。我在城西廣福橋那邊買了一頭小羊，回來時路過有慶他們的學校，我本想進去讓有慶高興高興，再一想還是別進去了。上次在學校出醜，讓我兒子丟臉。我再去，有慶心裡肯定不高興。

等我牽著小羊出了城，走到都快能看到自己家的地方，後面有人噼噼啪啪地跑來，我還沒回頭去看是誰，有慶就在後面叫上了：

「爹，爹。」

我站住腳，看著有慶滿臉通紅地跑來，這孩子一看到我牽著羊，早就忘了他不和我說話這事，他跑到跟前喘著氣說：

「爹，這羊是給我買的？」

我笑著點點頭，把繩子遞給他說：

「拿著。」

有慶接過繩子，把小羊抱起來走了幾步，又放下小羊，捏住羊的後腿，蹲下去看看，看完後說：

「爹，是母羊。」

我哈哈地笑了，伸手捏住他的肩膀，有慶的肩膀又瘦又小，我一捏住不知為何就心疼起來，我們一起往家裡走去時，我說道：

「有慶，你也慢慢長大了，爹以後不會再揍你了，就是揍你也不會讓別人看到。」

說完我低頭看看有慶，這孩子腦袋歪著，聽了我的話，反倒不好意思了。

家裡有了羊，有慶每天又要跑著去學校了，除了給羊割草，自留地裡的活他也要多幹。沒想到有慶這麼跑來跑去，到頭來還跑出名堂來了。城裡學校開運動會那天，我進城去賣菜，賣完了正要回家，看到街旁站著很多人，一打聽知道是那些學生在比賽跑步，要在城裡跑上十圈。

當時城裡有中學了，那一年有慶也讀到了四年級。城裡是第一次開運動會，唸初中的孩子和唸小學的孩子都在一起跑。我把空擔子在街旁放下，想看看有慶是不是也在裡面跑。過了一會，我看到一夥和有慶差不多大的孩子，一個個搖頭晃腦跑過來，有兩個低著腦袋跌跌撞撞，看樣子是跑不動了。他們跑過去後，我才看到有慶，這小傢伙光著腳丫，兩只鞋拿在手裡，呼哧呼哧跑來了，他只有一個人跑來。看到他跑在後面，我想這孩子真是沒出息，把我的臉都丟光了。可旁邊的人都在為他叫好，我就糊塗了，正糊塗著看到幾個初中學生跑了過來，這一來我更糊塗了，心想這跑步是怎麼跑的。我問身旁一個人：

「怎麼年紀大的跑不過年紀小的？」

那人說：「剛才跑過去的小孩把別人都摔掉幾圈了。」

我一聽，他不是在說有慶嗎？當時那個高興啊，是說不出來的高興。就是比有慶大四、五歲的孩子，也被有慶甩掉了一圈。我親眼看著自己的兒子，光著腳丫，鞋子拿在手裡，滿臉通紅第一個跑完了十圈。這孩子跑完以後，反倒不呼哧呼哧喘氣了，像是一點事情都沒有，抬起一隻腳在褲子上擦擦，穿上布鞋後又抬起另一隻腳。接著雙手背到身後，神氣活現地站在那裡看著比他大多了的孩子跑來。

我心裡高興，朝他喊了一聲：

「有慶。」

挑著空擔子走過去時我大模大樣，我想讓旁人知道我是他爹。有慶一看到我，馬上不自在了，趕緊把背在身後的手拿到前面來，我拍拍他的腦袋，大聲說：

「好兒子啊，你給爹爭氣啦。」

有慶聽到我嗓門這麼大，急忙四處看看，他是不願意讓同學看到我。這時有個大胖子叫他：

「徐有慶。」

有慶一轉身就往那裡去，這孩子對我就是不親。他走了幾步又回過頭來說：

「是老師叫我。」

我知道他是怕我回家後找他算帳，就對他揮揮手：

「去吧，去吧。」

那個大胖子手特別大，他按住有慶的腦袋，我就看不到兒子的頭，兒子的肩膀上像是長出了一隻手掌。他們兩個人親親熱熱地走到一家小店前，我看著大胖子給有慶買了一把糖，有慶雙手捧著放進口袋，一隻手就再沒從口袋裡出來。走回來時有慶臉都漲紅了，那是高興的。

那天晚上我問他那個大胖子是誰，他說：

「是體育老師。」

我說了他一句：「他倒是像你爹。」

有慶把大胖子給他的糖全放在床上，先是分出了三堆，看了又看後，從另兩堆裡各拿出兩顆放進自己這一堆，又看了一會，再從自己這堆拿出兩顆放到另兩堆裡。我知道他要把一堆給鳳霞，一堆給家珍，自己留著一堆，就是沒有我的。誰知他又把三堆糖弄到一起，分出了四堆，他就這麼分來分去，到最後還是只有三堆。

過了幾天，有慶把體育老師帶到家裡來了，大胖子把有慶誇了又誇，說他長大了能當個運動員，出去和外國人比賽跑步。有慶坐在門檻上，興奮得臉上都出汗了。當著體育老師的面我不好說什麼，他走後，我就把有慶叫過來，有慶還以為我會誇他，看著我的眼睛都亮閃閃的，我對他說：

「你給我，給你娘你姊姊爭了口氣，我很高興。可我從沒聽說過跑步也能掙飯吃，送你去學校，是要你好好唸書，不是讓你去學跑步，跑步還用學？雞都會跑。」

有慶腦袋馬上就垂下了，他走到牆角拿起籃子和鐮刀，我問他：

「記住我的話了嗎？」

他走到門口，背對著我點點頭，就走了出去。

那一年，稻子還沒黃的時候，稻穗青青的剛長出來，就下起了沒完沒了的雨，下了差不多有一個來月，中間雖說天氣晴朗過，沒出兩天又陰了，又下上了雨。我們是看著水在田裡積起來，雨水往上長，稻子就往下垂，到頭來一大片一大片的稻子全淹沒到了水裡。村裡上了年紀的人都哭了，都說：

「往後的日子怎麼過呀？」

年紀輕一些的人想得開些，總覺得國家會來救濟我們的，他們說：

「愁什麼呀，天無絕人之路，隊長去縣裡要糧食啦。」

隊長去了三次公社，一次縣裡，他什麼都沒拿回來，只是帶回來幾句話。

「大夥放心吧，縣長說了，只要他不餓死，大夥也都餓不死。」

那一個月的雨下過去後，連著幾天的大熱天，田裡的稻子全爛了，一到晚上，風吹過來是一片片的臭味，跟死人的味道差不多。原先大夥還指望著稻草能派上用場，這麼一來稻子沒收起，稻草也全爛光了。什麼都沒了，隊長說起來縣裡會給糧食的，可誰也沒見到有糧食來，嘴上說說的事讓人不敢全信，不信又不敢，要不這日子過下去誰也沒信心了。

大夥都數著米下鍋，積蓄下來的糧食都不多，誰家也不敢煮米飯，都是熬粥喝，就是粥也是越來越薄。那麼過了三、兩個月，也就坐吃山空了。我和家珍商量著把羊牽到城裡賣了，換些米回來，我們琢磨著這羊能換回來百十來斤大米，這樣就可以熬到下一季稻子收割的時候。

家裡人都有一、兩個月沒怎麼吃飽了，那頭羊還是肥肥的，每天在羊棚裡咩咩叫時聲音又大又響，全是有慶的功勞，這孩子吃不飽整天叫著頭暈，可從沒給羊少割過一次草，他心疼那頭羊，就跟家珍心疼他一樣。

我和家珍商量以後，就把這話對有慶說了。那時候有慶剛把一籃草倒到羊棚裡，羊沙沙地吃著草，那聲響像是在下雨，他提著空籃子站在一旁，笑嘻嘻地看著羊吃草。

我走進去他都不知道，我把手放在他肩上，這孩子才扭頭看了看我，說：

「牠餓壞了。」

我說：「有慶，爹有事要跟你說。」

有慶答應一聲，把身體轉過來，我繼續說：

「家裡糧食吃得差不多了，我和你娘商量著把羊賣掉，換些米回來，要不一家人都得挨餓了。」

有慶低著腦袋一聲不吭，這孩子心裡是捨不得這頭羊。我拍拍他的肩說：

「等日子好過一些了，我再去買頭羊回來。」

有慶點點頭，有慶是長大了，他比過去懂事多了。要是早上幾年，他準得又哭又鬧。我們從羊棚裡走出來時，有慶拉了拉我的衣服，可憐巴巴地說：

「爹，你別把牠賣給宰羊的好嗎？」

我心想這年月誰家還會養著一頭羊，不賣給宰羊的，去賣給誰呢？看著有慶那副樣子，我也只好點點頭。

第二天上午，我將米袋搭在肩上，從羊棚裡把羊牽出來，剛走到村口，聽到家珍在後面叫我，回過頭去看到家珍和有慶走來，家珍說：

「有慶也要去。」

我說：「禮拜天學校沒課，有慶去幹什麼？」

家珍說：「你就讓他去吧。」

我知道有慶是想和羊多待一會，他怕我不答應，讓他娘來說。我心想他要去就讓他去吧，就向他招了招手，有慶跑上來接過我手裡的繩子，低著腦袋跟著我走去。

這孩子一路上什麼話都不說，倒是那頭羊哞哞叫喚個不停，有慶牽著牠走，牠時時腦袋伸過去撞一下有慶的屁股。羊也是通人姓的，牠知道是有慶每天去餵牠草吃，牠和有慶親熱。牠越是親熱，有慶心裡越是難受，咬著嘴唇都要哭出來了。

看著有慶低著腦袋一個勁地往前走，我心裡怪不是滋味的，就找話寬慰他，我說：

「把牠賣掉總比宰掉牠好。羊啊，是牲畜，生來就是這個命。」

走到了城裡，快到一個拐彎的地方時，有慶站住了腳，看看那頭羊說：

「爹，我在這裡等你。」

我知道他是不願看到把羊賣掉，就從他手裡接過繩子，牽著羊往前走，走了沒幾步，有慶在後面喊：

「爹，你答應過的。」

我回頭問：「我答應什麼？」

有慶有些急了，他說：

「你答應不賣給宰羊的。」

我早就忘了昨天說過的話，好在有慶不跟著我了，要不這孩子肯定會哭上一陣子。

我說：

「知道。」

我牽著羊拐了個彎，朝城裡的肉鋪子走去。先前掛滿肉的鋪子裡，到了這災年連個肉屁都看不到了，裡面坐著一個人，懶洋洋的樣子。我給他送去一頭羊，他沒顯得有多高興。我們一起給羊上秤時，他的手直哆嗦，他說：

「吃不飽，沒力氣了。」

連城裡人都吃不飽了。他說他的鋪子有十來天沒掛過肉了，他的手往前指了指，指到二十米遠的一根電線桿，說：

「你等著吧，不出一個小時，買肉的排隊會排到那邊。」

他沒說錯，才等我走開，就有十來個人在那裡排隊了。米店也排隊，我原以爲那頭羊能換回百十來斤米，結果我只背回家四十斤米。我路過一家小店時，掏出兩分錢給有慶買了兩顆硬糖，我想有慶辛辛苦苦了一年，也該給他甜甜嘴。

我扛著四十斤大米往回走，有慶在那地方走來走去，踢著一顆小石子。我把兩顆糖給他，他一顆放在口袋裡，剝開另一顆放進嘴裡。我們往前走去，有慶將糖紙疊得整整齊齊拿在手上，然後抬起腦袋問我：

「爹，你吃嗎？」

我搖搖頭說：「你自己吃。」

我把四十斤米扛回家，家珍一看米袋就知道有多少米，她嘆息一聲，什麼話也沒說。最難的是家珍，一家四張嘴每天吃什麼？愁得她晚上都睡不好覺。日子再苦也得往下熬，她每天提著籃子去挖野菜，身體本來就有病，又天天忍飢挨餓，那病眞讓醫生說中了，越來越重，只能拄著根樹枝走路，走上二十來步就要滿頭大汗。別人家挖野菜都是蹲下去，她是跪到地上，站起來時身體直打晃，我見了心裡不好受，對她說：

「妳就別出門了。」

她不答應，拄著樹枝往屋外走，我抓住她的胳膊一拉，她身體就往地上倒。家珍坐到地上嗚嗚地哭上了，她說：

「我還沒死，你就把我當死人了。」

我是一點辦法都沒有。女人啊，性子上來了什麼事都幹，什麼話都說。我不讓她幹活，她就覺得是在嫌棄她。

沒出三個月，那四十斤米全吃光了。要不是家珍算計著過日子，摻和著吃些南瓜葉，樹皮什麼的，這些米不夠我們吃半個月。那時候村裡誰家都沒有糧食了，野菜也挖光了，有些人家開始刨樹根吃了。村裡人越來越少，每天都有拿著個碗外出去要飯的人。隊長去了幾次縣裡，回來時都走不到村口，一屁股坐在地上直喘氣，在田裡找吃的幾個人走上去問他：

「隊長，縣裡什麼時候給糧食？」

隊長歪著腦袋說：「我走不動了。」

看著那些外出要飯的人，隊長對他們說：

「你們別走了，城裡人也沒吃的。」

明知道沒有野菜了，家珍還是整天拄著根樹枝出去找野菜，有慶跟著她。有慶正在長身體，沒有糧食吃，人瘦得像根竹竿。有慶總還是孩子，家珍有病路都走不動了，還是到處轉悠著找野菜，有慶跟在後面，老是對家珍說：

「娘，我餓得走不動了。」

家珍上哪兒去給有慶找吃的，只好對他說：

「有慶，你就去喝幾口水填填肚子吧。」

有慶也只能到池塘邊去咕啰咕啰地喝一肚子水來充飢了。

鳳霞跟著我，扛著把鋤頭去地裡掘地瓜。那些田地不知道被翻過多少遍了，可村裡的人還都用鋤頭去掘，有時幹一天也只是掘出一根爛瓜藤來。鳳霞也餓得慌，臉都青了，看她揮鋤頭時腦袋都掉下去了。這孩子不會說話，只知道幹活。我往哪兒走，她就往哪兒跟，我想想這樣不行，我得和鳳霞分開去挖地瓜，老湊在一起不是個辦法。我就打著手勢讓鳳霞到另一塊地裡去，誰知道鳳霞一和我分開，就出事了。

鳳霞和村裡王四在一塊地裡挖地瓜，王四那人其實也不壞，我被抓了壯丁去打仗那陣子，王四和他爹還常幫家珍幹些重活。人一餓就什麼缺德事都幹得出來，明明是鳳霞挖到一個地瓜，王四欺負鳳霞不會說話，趁鳳霞用衣角擦上面的泥時，一把搶了過去。鳳霞平常老實得很，到那時她可不幹了，撲上去要把地瓜搶回來。王四哇哇一叫，旁邊地裡的人見了都看到是鳳霞在搶。王四對著我喊：

「福貴，做人得講良心啊，再餓也不能搶別人家的東西。」

我看到鳳霞正使勁掰他捏住地瓜的手指，趕緊走過去拉開鳳霞，鳳霞急得眼淚都出來了，她打著手勢告訴我是王四搶了她的地瓜，村裡別的人也看明白了，就問王四：

「是你搶她的？還是她搶你的？」

王四做出一副委屈的樣子，說：

「你們都看到的，明明是她在搶。」

我說：「鳳霞不是那種人，村裡人都知道。王四，這地瓜眞是你的，你就拿走。要不是你的，你吃了也會肚子疼。」

王四用手指指鳳霞，說道：

「你讓她自己說，是誰的。」

他明知道鳳霞不會說話，還這麼說，氣得我身體都哆嗦了。鳳霞站在一旁嘴巴一張一張沒有聲音，倒是淚水涮涮地流著。我向王四揮揮手說：

「你要是不怕雷公打你，就拿走吧。」

王四做了虧心事也不臉紅，他直著脖子說：

「是我的我當然要拿走。」

說著他轉身就走，誰也沒想到鳳霞揮起鋤頭就朝他砸去，要不是有人驚叫一聲，讓王四躲開的話，可就出人命了。王四看到鳳霞砸他，伸手就打了鳳霞一巴掌，鳳霞哪有他有力氣，一巴掌就把鳳霞打到地上去了。那聲音響得就跟人跳進池塘似的，一巴掌全打在我心上。我衝上去對準王四的腦袋就是一拳，王四的腦袋直搖晃，我的手都打疼了。王四回過神來操起一把鋤頭朝我劈過來，我跳開後也揮起一把鋤頭。

要不是村裡人攔住我們，總得有一條命完蛋了。後來隊長來了，隊長聽我們說完後罵我們：

「他娘的，你們死了讓老子怎麼去向上面交代。」

罵完後隊長說：「鳳霞不會是那種人，說是你王四搶的也沒人看見，這樣吧，你們一家一半。」

說著隊長向王四伸出手，要王四把地瓜給他。王四雙手拿著地瓜捨不得交出來，隊長說：

「拿來呀。」

王四沒辦法，哭喪著臉把地瓜給了隊長。隊長向旁人要過來一把鐮刀，將地瓜放在田埂上，殊嚓一聲將地瓜切成兩半。隊長的手偏了，一半很大，另一半很小。我說：

「隊長，這怎麼分啊？」

隊長說：「這還不容易。」

又是跺嚓一聲將大的切下來一塊，放進自己口袋，算是他的了。他拿起剩下的兩塊地瓜給我和王四，說：

「差不多大小了吧？」

其實一塊地瓜也塡不飽一家人的肚子，當初心裡想的和現在不一樣，在當初那可是救命稻草。家裡斷糧都有一個月了，田裡能吃的也都吃得差不多了，那年月拿命去換一碗飯回來也都有人幹。

和王四爭地瓜的第二天，家珍拄著根樹枝走出了村口，我在田裡見了問她去哪兒，她說：

「我進城去看看爹。」

做女兒的想去看爹，我想攔也不能攔，看著她走路都費勁的模樣，我說：

「讓鳳霞也去，路上能照應妳。」

家珍聽了這話頭也不回地說：

「不要鳳霞去。」

那些日子她脾氣動不動就上來，我不再說什麼，看著她慢慢吞吞往城裡去，她瘦得身上都沒肉了，原先綳起的衣服變得鬆鬆垮垮，在風裡蕩來蕩去。

我不知道家珍進城是去要吃的，她去了一天，快到傍晚時才回來，回來時都走不動路了，是鳳霞先看到她，鳳霞拉了拉我的衣服，我轉過身去才看到家珍站在那條路上，身體撐在拐杖上向我們招手，她抬起胳膊時腦袋像是要從肩膀上掉下去了。

我趕緊跑過去，等我跑近了，她身體一軟跪在了地上，雙手撐著拐杖聲音很輕地叫：

「福貴，你來，你來。」

我伸手去扶她起來，她抓住我的手往胸口拉，喘著氣說：

「你摸摸。」

我的手伸進她胸口一摸，人就怔住了，我摸到了一小袋米，我說：

「是米。」

家珍哭了，她說：

「是爹給我的。」

那時候的一袋米，可就是山珍海味了。一家人有一、兩個月沒嘗過米的味道了，那種高興勁啊，實在是說不出來。我讓鳳霞扶著家珍趕緊回家，自己去找有慶。有慶那時正在池塘旁躺著，他剛喝飽了池水，我叫他：

「有慶，有慶。」

這孩子脖子歪了歪，有氣無力地答應了一聲，我低聲對他說：

「快回家去喝粥。」

有慶一聽有粥喝，不知哪來的力氣，一下子坐了起來，叫道：

「喝粥。」

我嚇了一跳，急忙說：

「輕點。」

可不能讓別人家知道，家珍是把米藏在胸口衣服裡帶回來的。等一家人回到了家裡，我關上門插上木梢，家珍這才從胸口拿出那一小袋米，往鍋裡倒了半袋，加上水後鳳霞就生火熬粥了。我讓有慶站在門後，從縫裡看著有沒有村裡人走來。水一開，米香就飄滿了屋子，有慶在門後站不住了，跑到鍋前湊上去鼻子聞了又聞，說：

「好香啊。」

我把他拉開，說：

「去門後看著。」

這孩子猛吸了兩口熱氣才回到門後，家珍笑起來，說道：

「總算能讓你們吃上一頓好的了。」

說著家珍掉出了眼淚，她說：

「這米是從我爹牙縫裡擠出來的。」

這時外面有人走來，走到門口叫：

「福貴。」

我們嚇得氣都不敢出了，有慶站在那裡弓著腰一動不動，只有鳳霞笑嘻嘻地往灶裡添柴，她聽不到。我拍拍她，讓她手腳輕一點。聽著屋裡沒有聲音，外面那人很不高興地說：

「煙囪呼呼地冒煙，裡面沒人答應。」

過了一會，那人像是走開了，有慶又在門後往外望了一陣，才悄悄告訴我們：

「走啦。」

我和家珍總算舒了一口氣。粥熬成後，我們一家四口人坐在桌前，喝起了熱騰騰的米粥。這輩子我再沒像那次吃得那麼香了，那味道讓我想起來就要流口水。有慶喝得急，第一個喝完，張著嘴大口大口地吸氣，他嘴嫩，燙出了很多小泡，後來疼了好幾天。等我們吃完後，隊長他們來了。

村裡人也都有一、兩個月沒吃上米了，我們關上門，煙囪往外呼呼地冒煙，他們全看到了。剛才有人來叫門，我們沒答應，他回去一說，來了一夥人，隊長走在前頭。他們猜到我們有好吃的，都想來吃一口。隊長一進屋鼻子就一抖一抖了，問：

「煮什麼吃啦，這麼香。」

我嘿嘿笑著沒說話，我不說話隊長也不好再問。家珍招呼著他們坐下，有幾個人不老實，又去揭鍋又掀褥子，好在家珍將剩下的米藏在胸口了，也不怕他們亂翻。隊長看不下去了，他說：

「你們幹什麼，這是在別人家裡。出去，出去，他娘的都出去。」

隊長把他們趕走後，起身關上門，也不先和我們套套近乎，一下子就把臉湊過來說：

「福貴，家珍，有好吃的分我一口。」

我看看家珍，家珍看看我，平日裡隊長對我們不錯，眼下他求上我們了，總不能不答應。家珍伸手從胸口拿出那個小袋子，抓了一小把給隊長，說：

「隊長，就這麼多了，你拿回去熬一鍋米湯吧。」

隊長連聲說：「夠了，夠了。」

隊長讓家珍把米放在他口袋裡，然後雙手攥住口袋嘿嘿笑著走了。隊長一走，家珍眼淚馬上就下來了，她是心疼那把米。看著家珍哭，我只能連連嘆氣。

這樣的日子一直熬到收割稻子以後，雖說是欠收，可總算又有糧食了，日子一下子好過多了。誰知家珍的病越來越重了，到後來走路都走不了幾步，都是那災年把她給糟蹋成這樣的。家珍不甘心，幹不了田裡活，她還想幹家裡的活。她扶著牆到這裡擦擦，又到那裡掃掃，有一天她摔到後不知怎麼爬不起來了，等我和鳳霞收工回到家裡，她還躺在地上，臉都擦破了。我把她抱到床上，鳳霞拿了塊毛巾給她擦掉臉上的血，我說：

「妳以後就躺在床上。」

家珍低著頭輕聲說道：

「我不知道會爬不起來。」

家珍算是硬的，到了那種時候也不叫一聲苦。她坐在床上那些日子，讓我把所有的破爛衣服全放到她床邊，她說：

「有活幹心裡踏實。」

她拆拆縫縫給鳳霞和有慶都做了件衣服，兩個孩子穿上後看起來還很新。後來我才知道她把自己的衣服也拆了，看到我生氣，她笑了笑說：

「衣服不穿壞起來快。我是不會穿它們了，可不能跟著我糟蹋了。」

家珍說也給我做一件，誰知我的衣服沒做完，家珍連針都拿不起了。那時候鳳霞和有慶睡著了，家珍還在油燈下給我縫衣服，她累得臉上都是汗，我幾次催她快睡，她都喘著氣搖頭，說是快了。結果針掉了下去，她的手哆嗦著去拿針，拿了幾次都沒拿起來，我撿起來遞給她，她才捏住又掉了下去。家珍眼淚流了出來，這是她病了以後第一次哭，她覺得自己再也幹不了活了，她說：

「我是個廢人了，還有什麼指望？」

我用袖管給她擦眼淚，她瘦得臉上的骨頭都突了出來。我說她是累的，照她這樣，就是沒病的人也會吃不消。我寬慰她，說鳳霞已經長大了，掙的工分比她過去還多，用不著再爲錢操心了。家珍說：

「有慶還小啊。」

那天晚上，家珍的眼淚流個不停，她幾次囑咐我：

「我死後不要用麻袋包我，麻袋上都是死結，我到了陰間解不開，拿一塊乾淨的布就行了，埋掉前替我洗洗身子。」

她又說：「鳳霞大了，要是能給她找到婆家我死也閉眼了。有慶還小，有些事他不懂，你不要常去揍他，嚇唬嚇唬就行了。」

她是在交代後事，我聽了心裡酸一陣苦一陣，我對她說：

「按理說我是早就該死了，打仗時死了那麼多人，偏偏我沒死，就是天天在心裡念叨著要活著回來見你們。妳就捨得扔下我們？」

我的話對家珍還是有用的，第二天早晨我醒來時，看到家珍正在看我，她輕聲說：

「福貴，我不想死，我想每天都能看到你們。」

家珍在床上躺了幾天，什麼都不幹，慢慢地又有點力氣了，她能撐著坐起來，她覺得自己好多了，心裡高興，想試著下地，我不讓，我說：

「往後不能再累著了，妳得留著點力氣，日子還長著呢。」

那一年，有慶唸到五年級了。俗話說是禍不單行，家珍病成那樣，我就指望有慶快些長大，這孩子成績不好，我心想別逼他去唸中學了，等他小學一畢業，就讓他跟著我下地掙工分去。誰知道家珍身體剛剛好些，有慶就出事了。

那天下午，有慶他們學校的校長，那是縣長的女人，在醫院裡生孩子時出了很多血，一隻腳都跨到陰間去了。學校的老師馬上把五年級的學生集合到操場上，讓他們去醫院獻血，那些孩子一聽是給校長獻血，一個個高興得像是要過節了，一些男孩子當場捲起了袖管。他們一走出校門，我的有慶就脫下鞋子，拿在手裡就往醫院跑，有四、五個男孩也跟著他跑去。我兒子第一個跑到醫院，等別的學生全走到後，有慶排在第一位，他還得意地對老師說：

「我是第一個到的。」

結果老師一把把他拖出來，把我兒子訓斥了一通，說他不遵守紀律。有慶只得站在一旁，看著別的孩子挨個去驗血，驗血驗了十多個沒一個血對上校長的血。有慶看著看著有些急了，他怕自己會被輪到最後一個，到那時可能就獻不了血了。他走到老師跟前，怯生生地說：

「老師，我知道錯了。」

老師嗯了一下，沒再理他，他又等了兩個進去驗血，這時產房裡出來一個戴口罩的醫生，對著驗血的男人喊：

「血呢？血呢？」

驗血的男人說：「血型都不對。」

醫生喊：「快送進來，病人心跳都快沒啦。」

有慶再次走到老師跟前，問老師：

「是不是輪到我了？」

老師看了看有慶，揮揮手說：

「進去吧。」

驗到有慶血型才對上了，我兒子高興得臉都漲紅了，他跑到門口對外面的人叫道：

「要抽我的血啦。」

抽一點血就抽一點，醫院裡的人爲了救縣長女人的命，一抽上我兒子的血就不停了。抽著抽著有慶的臉就白了，他還硬挺著不說，後來連嘴唇也白了，他才哆嗦著說：

「我頭暈。」

抽血的人對他說：

「抽血都頭暈。」

那時候有慶已經不行了，可出來個醫生說血還不夠用。抽血的是個烏龜王八蛋，把我兒子的血差不多都抽乾了。有慶嘴唇都青了，他還不住手，等到有慶腦袋一歪摔在地上，那人才慌了，去叫來醫生，醫生蹲在地上拿聽筒聽了聽說：

「心跳都沒了。」

醫生也沒怎麼當會事，只是罵了一聲抽血的：

「你眞是胡鬧。」

就跑進產房去救縣長的女人了。

那天傍晚收工前，鄰村的一個孩子，是有慶的同學，急沖沖跑過來，他一跑到我們跟前就扯著嗓子喊：

「哪個是徐有慶的爹？」

我一聽心就亂跳，正擔心著有慶會不會出事，那孩子又喊：

「哪個是他娘？」

我趕緊答應：「我是有慶的爹。」

孩子看看我，擦著鼻子說：

「對，是你，你到我們教室裡來過。」

我心都要跳出來了，他這才說：

「徐有慶快死啦，在醫院裡。」

我眼前立刻黑了一下，我問那孩子：

「你說什麼？」

他說：「你快去醫院，徐有慶快死啦。」

我扔下鋤頭就往城裡跑，心裡亂成一團。想想中午上學時有慶還好好的，現在說他快要死了。我腦袋裡嗡嗡亂叫著跑到城裡醫院，見到第一個醫生我就攔住他，問他：

「我兒子呢？」

醫生看看我，笑著說：

「我怎麼知道你兒子？」

我聽後一怔，心想是不是弄錯了，要是弄錯可就太好了。我說：

「他們說我兒子快死了，要我到醫院。」

準備走開的醫生站住腳看著我問：

「你兒子叫什麼名字？」

我說：「叫有慶。」

他伸手指指走道盡頭的房間說：

「你到那裡去問問。」

我跑到那間屋子，一個醫生坐在裡面正寫些什麼，我心裡咚咚跳著走過去問：

「醫生，我兒子還活著嗎？」

醫生抬起頭來看了我很久，才問：

「你是說徐有慶？」

我急忙點點頭，醫生又問：

「你有幾個兒子？」

我的腿馬上就軟了，站在那裡哆嗦起來，我說：

「我只有一個兒子，求你行行好，救活他吧。」

醫生點點頭，表示知道了，可他又說：

「你爲什麼只生一個兒子？」

這教我怎麼回答呢？我急了，問他：

「我兒子還活著嗎？」

他搖搖頭說：「死了。」

我一下子就看不見醫生了，腦袋裡黑乎乎一片，只有眼淚嘩嘩地掉出來，半晌我才問醫生：

「我兒子在哪裡？」

有慶一個人躺在一間小屋子裡，那張床是用磚頭搭成的。我進去時天還沒黑，看到有慶的小身體躺在上面，又瘦又小，身上穿的是家珍最後給他做的衣服。我兒子閉著眼睛，嘴巴也閉得很緊。我有慶有慶叫了好幾聲，有慶一動不動，我就知道他眞死了，一把抱住了兒子，有慶的身體都硬了。中午上學時他還活生生的，到了晚上他就硬了。我怎麼想都想不通，這怎麼也應該是兩個人，我看看有慶，摸摸他的瘦肩膀，又眞是我的兒子。我哭了又哭，都不知道有慶的體育老師也來了。他看到有慶也哭了，一遍遍對我說：

「想不到，想不到。」

體育老師在我邊上坐下，我們兩個人對著哭，我摸摸有慶的臉，他也摸摸。過了很久，我突然想起來，自己還不知道兒子是怎麼死的。我問體育老師，這才知道有慶是抽血被抽死的。當時我想殺人了，我把兒子一放就衝了出去。衝到病房看到一個醫生就抓住他，也不管他是誰，對準他的臉就是一拳，醫生摔到地上亂叫起來，我朝他吼道：

「你殺了我兒子。」

吼完抬腳去踢他，有人抱住了我，回頭一看是體育老師，我就說：

「你放開我。」

體育老師說：「你不要亂來。」

我說：「我要殺了他。」

體育老師抱住我，我脫不開身，就哭著求他：

「我知道你對有慶好，你就放開我吧。」

體育老師還是死死抱住我，我只好用胳膊肘拚命撞他，他也不抬開。讓那個醫生爬起來跑走了，很多人圍了上來，我看到裡面有兩個醫生，我對體育老師說：

「求你放開我。」

體育老師力氣大，抱住我我就動不了，我用胳膊肘撞他，他也不怕疼，一遍遍說：

「你不要亂來。」

這時有個穿中山服的男人走了過來，他讓體育老師放開我，問我：

「你是徐有慶同學的父親？」

我沒理他，體育老師一放開我，我就朝一個醫生撲過去，那醫生轉身就逃。我聽到有人叫穿中山服的男人縣長，我一想原來他就是縣長，就是他女人奪了我兒子的命，我抬腿就朝縣長肚子上蹬了一腳，縣長哼了一聲坐到了地上。體育老師又抱住了我，對我喊：

「那是劉縣長。」

我說：「我要殺的就是縣長。」

抬起腿再去蹬，縣長突然問我：

「你是不是福貴？」

我說：「我今天非宰了你。」

縣長站起來，對我叫道：

「福貴，我是春生。」

他這麼一叫，我就傻了。我朝他看了半晌，越看越像，就說：

「你眞是春生。」

春生走上前來也把我看了又看，他說：

「你是福貴。」

看到春生我怒氣消了很多，我哭著對他說：

「春生你長高長胖了。」

春生眼睛也紅了，說道：

「福貴，我還以爲你死了。」

我搖搖頭說：「沒死。」

春生又說：「我還以爲你和老全一樣死了。」

一說到老全，我們兩個都嗚嗚地哭上了，哭了一陣我問春生：

「你找到大餅了嗎？」

春生擦擦眼睛說：「沒有，你還記得？我走過去就被俘虜了。」

我問他：「你吃到饅頭了嗎？」

他說：「吃到的。」

我說：「我也吃到了。」

說著我們兩個人都笑了，笑著笑著我想起了死去的兒子，我抹著眼睛又哭了，春生的手放到我肩上，我說：

「春生，我兒子死了，我只有一個兒子。」

春生嘆口氣說：「怎麼會是你的兒子？」

我想到有慶還一個人躺在那間小屋子裡，心裡疼得受不了，我對春生說：

「我要去看兒子了。」

我也不想再殺什麼人了，誰料到春生會突然冒出來，我走了幾步回過頭去對春生說：

「春生，你欠了我一條命，你下輩子再還給我吧。」

那天晚上我抱著有慶往家走，走走停停，停停走走，抱累了就把兒子放到背脊上，一放到背脊上心裡就發慌，又把他重新抱到了前面，我不能不看著兒子。眼看著走到了村口，我就越走越難，想想怎麼去對家珍說呢？有慶一死，家珍也活不長，家珍已經病成這樣了。我在村口的田埂上坐下來，把有慶放在腿上，一看兒子我就忍不住哭，哭了一陣又想家珍怎麼辦？想來想去還是先瞞著家珍好。我把有慶放在田埂上，回到家裡偷偷拿了把鋤頭，再抱起有慶走到我娘和我爹的墳前，挖了一個坑。

要埋有慶了，我又捨不得。我坐在爹娘的墳前，把兒子抱著不肯鬆手，我讓他的臉貼在我脖子上，有慶的臉像是凍壞了，冷冰冰地壓在我脖子上。夜裡的風把頭頂的樹葉吹得嘩啦嘩啦響，有慶的身體也被露水打濕了。我一遍遍想著他中午上學時跑去的情形，書包在他背後一甩一甩的。想到有慶再不會說話，再不會拿著鞋子跑去，我心裡是一陣陣酸疼，疼得我都哭不出來。我那麼坐著，眼看著天要亮了，不埋不行了，我就脫下衣服，把袖管撕下來蒙住他的眼睛，用衣服把他包上，放到了坑裡。我對爹娘的墳說：

「有慶要來了，你們待他好一點，他活著時我對他不好，你們就替我多疼疼他。」

有慶躺在坑裡，越看越小，不像是活了十三年，倒像是家珍才把他生出來。我用手把土蓋上去，把小石子都撿出來，我怕石子硌得他身體疼。埋掉了有慶，天矇矇亮了，我慢慢往家裡走，走幾步就要回頭看看，走到家門口一想到再也看不到兒子，忍不住哭出了聲音，又怕家珍聽到，就捂住嘴巴蹲下來，蹲了很久，都聽到出工的框喝聲了，才站起來走進屋去。鳳霞站在門旁睜圓了眼睛看我，她還不知道弟弟死了。鄰村的那個孩子來報信時，她也在，可她聽不到。家珍在床上叫了我一聲，我走過去對她說：

「有慶出事了，在醫院裡躺著。」

家珍像是信了我的話，她問我：

「出了什麼事？」

我說：「我也說不清楚，有慶上課時突然昏倒了，被送到醫院，醫生說這種病治起來要有些日子。」

家珍的臉傷心起來，淚水從眼角淌出，她說：

「是累的，是我拖累有慶的。」

我說：「不是，累也不會累成這樣。」

家珍看了看我又說：

「你眼睛都腫了。」

我點點頭：「是啊，一夜沒睡。」

說完我趕緊走出門去，有慶才被埋到土裡，屍骨未寒啊，再和家珍說下去我就穩不住自己了。

接下去的日子，白天我在田裡幹活，到了晚上我對家珍說進城去看看有慶好些了沒有。我慢慢往城裡走，走到天黑了，再走回來，到有慶墳前坐下。夜裡黑乎乎的，風吹在我臉上，我和死去的兒子說說話，聲音飄來飄去都不像是我的。坐到半夜我才回到家中，起先的幾天，家珍都是睜著眼睛等我回來，問我有慶好些了嗎？我就隨便編些話去騙她。過了幾天我回去時，家珍已經睡著了，她閉著眼睛躺在那裡。我也知道老這麼騙下去不是辦法，可我只能這樣，騙一天是一天，只要家珍覺得有慶還活著就好。

有天晚上我離開有慶的墳，回到家裡在家珍身旁躺下來後，睡著的家珍突然說：

「福貴，我的日子不長了。」

我心裡一沉，去摸她的臉，臉上都是淚，家珍又說：

「你要照看好鳳霞，我最不放心的就是她。」

家珍都沒提有慶，我當時心裡馬上亂了，想說些寬慰她的話也說不出來。

第二天傍晚，我還和往常一樣對家珍說進城去看有慶，家珍讓我別去了，她要我背著她去村裡走走。我讓鳳霞把她娘抱起來，抱到我背脊上。家珍的身體越來越輕了，瘦得身上全是骨頭。一出家門，家珍就說：

「我想到村西去看看。」

那地方埋著有慶，我嘴裡說好，腿腳怎麼也不肯往那地方去，走著走著走到了東邊村口，家珍這時輕聲說：

「福貴，你別騙我了，我知道有慶死了。」

她這麼一說，我站在那裡動不了，腿也開始發軟。我的脖子上越來越濕，我知道那是家珍的眼淚，家珍說：

「讓我去看看有慶吧！」

我知道騙不下去了，就背著家珍往村西走，家珍低聲告訴我：

「我夜夜聽著你從村西走過來，我就知道有慶死了。」

走到了有慶墳前，家珍要我把她放下去，她撲在了有慶墳上，眼淚嘩嘩地流，兩隻手在墳上像是要摸有慶，可她一點力氣都沒有，只有幾根指頭稍稍動著。我看著家珍這副樣子，心裡難受得要被堵住了，我眞不該把有慶偷偷埋掉，讓家珍最後一眼都沒見著。

家珍一直撲到天黑，我怕夜露傷著她，硬把她背到身後，家珍讓我再背她到村口去看看，到了村口，我的衣領都濕透了，家珍哭著說：

「有慶不會在這條路上跑來了。」

我看著那條彎曲著通向城裡的小路，聽不到我兒子赤腳跑來的聲音，月光照在路上，像是撒滿了鹽。

那天下午，我一直和這位老人待在一起，當他和那頭牛歇夠了，下到地裡耕田時，我絲毫沒有離開的想法，我像個哨兵一樣在那棵樹下守著他。

那時候四周田地裡莊稼人的說話聲飄來飄去，最爲熱烈的是不遠處的田埂上，兩個身強力壯的男人都舉著茶水桶在比賽喝水，旁邊一群年輕人又喊又叫，他們的興奮是他們處在局外人的位置上。福貴這邊顯得要冷清多了，在他身旁的水田裡，兩個紮著頭巾的女人正在插秧，她們談論著一個我完全陌生的男人，這個男人似乎是一個體格強壯有力的人，他可能是村裡掙錢最多的男人，從她們的話裡我知道他常在城裡幹搬運的活。一個女人直起了腰，用手背捶了捶，我聽到她說：

「他掙的錢一半用在自己女人身上，一半用在別人的女人身上。」

這時候福貴扶著犁走到她們近旁，他插進去說：

「做人不能忘記四條，話不要說錯，床不要睡錯，門檻不要踏錯，口袋不要摸錯。」

福貴扶著犁過去後，又扭過去腦袋說：

「他呀，忘記了第二條，睡錯了床。」

那兩個女人嘻嘻一笑，我就看到福貴一臉的得意，他向牛大聲框喝了一下，看到我也在笑，對我說：

「這都是做人的道理。」

後來，我們又一起坐在了樹蔭裡，我請他繼續講述自己，他有些感激地看著我，彷彿是我正在爲他做些什麼，他因爲自己的身世受到別人重視，顯示出了喜悅之情。

我原以爲有慶一死，家珍也活不長了。有一陣子看上去她眞是不行了，躺在床上喘氣都是呼呼的，眼睛整天半閉著，也不想吃東西，每次都是我和鳳霞把她扶起來，硬往她嘴裡灌著粥湯。家珍身上一點肉都沒有了，扶著她就跟扶著一捆柴禾似的。

隊長到我家來過兩次，他一看家珍的模樣直搖頭，把我拉到一旁輕聲說：

「怕是不行了。」

我聽了這話心直往下沉，有慶死了還不到半個月，眼看著家珍也要去了。這個家一下子沒了兩個人，往後的日子過起來可就難了，等於是一口鍋砸掉了一半，鍋不是鍋，家也不成家。

隊長說是上公社衛生院請個醫生來看看，隊長說話還眞算數，他去公社開會回來時，還眞帶了個醫生回來。那個醫生很瘦小，戴著一副眼鏡，問我家珍得了什麼病，我說：

「是軟骨病。」

醫生點點頭，在床邊坐下來，給家珍切脈，我看著醫生邊切脈邊和家珍說話，家珍聽到有人和她說話，只是眼睛睜了睜，也不回答。醫生不知怎麼搞的沒找到家珍的脈搏，他像是嚇了一跳，伸手去翻翻家珍的眼皮，然後一隻手捧住家珍的手腕，另一隻手切住家珍的脈搏，腦袋像是要去聽似的歪了下去。過了一會，醫生站起來對我說：

「脈搏弱得快摸不到了。」

醫生說：「你準備著辦後事吧。」

做醫生的只要一句話，就能要我的命。我當時差點沒栽到地上，我跟著醫生走到屋外，問他：

「我女人還能活多久？」

醫生說：「出不了一個月。得了那種病，只要全身一癱也就快了。」

那天晚上家珍和鳳霞睡著以後，我一個人在屋外坐到天快亮的時候，先是嗚嗚地哭，哭了一陣我就開始想從前的事，想著想著又掉出了眼淚，這日子過得眞是快，家珍嫁給我以後一天好日子都沒過上，眼睛一眨就到了她要去的時候了。後來我想想光哭光難受也沒用，事到如今也只好想些實在的事，給家珍的後事得辦得像樣一點。

隊長心好，他看到我這副樣子就說：

「福貴，你想得開些，人啊，總是要死的，眼下也別想什麼了，只要讓家珍死得舒坦就好。這村裡的地，你隨便選一塊，給家珍做墳。」

其實那時候我也想開了，我對隊長說：

「家珍想和有慶待在一起，他倆得埋在一個地方。」

有慶可憐，包了件衣服就埋了。家珍可不能再這樣，家裡再窮也要給她打一口棺材，要不我良心上交代不過去。家珍當初要是嫁了別人，不跟著我受罪，也不會累成這樣，得這種病。我在村裡挨家挨戶地去借錢，我也不知道自己怎麼了，一說起給家珍打口棺材，就忍不住掉眼淚。大夥都窮，借來的錢不夠打棺材，後來隊長給我湊了些村裡的公款，才到鄰村將木匠請來。

鳳霞起先不知道她娘快去了，她看到我一閒下來就往先前村裡的羊棚跑，木匠就在那裡幹活。我在那裡一坐就是半晌，都忘了吃飯。鳳霞來叫我，叫了幾次看到棺材的形狀出來了，她才覺察到了一些，睜圓了眼睛做著手勢問我，我心想鳳霞也該知道這些，就告訴了她。

這孩子拚命地搖頭，我知道她的意思，就用手勢告訴她，這是給家珍準備的，是給家珍以後用的。鳳霞還是搖頭，拉著我就往家裡走。回到了家中，鳳霞還拉著我的袖管，她推推家珍，家珍眼睛睜開來，她就使勁搖我的胳膊，讓我看家珍活得好好的。然後右手伸開了往下劈，她是要我把棺材劈掉。

鳳霞心裡根本就沒想她娘會死，就是這樣告訴她，她也不會相信。看著鳳霞的樣子，我只好低下頭，什麼手勢都不做了。

家珍在床上一躺就是二十多天，有時覺得她好些了，有時又覺得她真的快去了。後來有一個晚上，我在她身旁躺下來準備熄燈時，家珍突然抬起胳膊拉了拉我，讓我別熄燈。家珍說話的聲音跟蚊子一樣大，她要我把她的身體側過來。我女人那晚上把我看了又看，叫了好幾聲：

「福貴。」

然後笑了笑，閉上了眼睛。過了一會，家珍又睜開眼睛問我：

「鳳霞睡得好嗎？」

我起身看看鳳霞，對她說：

「鳳霞睡著了。」

那晚上家珍斷斷續續地說了好些話，到後來累了才睡著。我卻怎麼都睡不著，心裡七上八下的，家珍那樣子像是好多了，可我老怕著是不是人常說的回光返照。我的手在她身上摸來摸去，還熱著我才稍稍放心下來。

第二天我起床時，家珍還睡著，我想她昨晚上睡得晚，就沒叫醒她，和鳳霞喝了點粥下地去幹活。那天收工早，我和鳳霞回到家裡時，我嚇了一跳，家珍竟然坐在床上了，她是自己坐起來的，家珍看到我們進去，輕聲說：

「福貴，我餓了，給我熬點粥。」

當時我傻站了很久，我怎麼也想不到家珍會好起來了，家珍又叫了我一聲，我才回過神來，我眼淚嘩嘩地流了出來，我忘了鳳霞聽不到，對鳳霞說：

「全靠妳，全靠妳心裡想著妳娘不死。」

人只要想吃東西，那就沒事了。過了一陣子，家珍坐在床上能幹些針線活了，照這樣下去，家珍沒準又能下床走路。我提著的心總算可以放下了，心裡一踏實，人就病倒了。其實那病早就找到我了，有慶一死，家珍跟著是一副快去的樣子，我顧不上病，也就不覺得。家珍沒讓醫生說中，身體慢慢地好起來，我腦袋是越來越暈，直到有一天插秧時昏到了地上，被人抬回家，我才知道自己是病了。

我一病倒，鳳霞可就苦了，床上躺著兩個人，她又要服侍我們又要下地掙工分。過了幾天，我看看鳳霞實在是太累，就跟家珍說好多了，拄著個病身體下田去幹活，村裡人見了我都吃了一驚，說：

「福貴，你頭髮全白了。」

我笑笑說：「以前就白了。」

他們說：「以前還有一半是黑的呢，就這麼幾天你的頭髮全白了。」

就那麼幾天，我老了許多，我以前的力氣再也沒有回來，幹活時腰也疼了背也疼了，幹得猛一些身上到處淌虛汗。

有慶死後一個多月，春生來了。春生不叫春生了，他叫劉解放。別人見了春生都叫他劉縣長，我還是叫他春生。春生告訴我，他被俘虜後就當上了解放軍，一直打到福建，後來又到朝鮮去打仗。春生命大，打來打去都沒被打死。朝鮮的仗打完了，他轉業到鄰近一個縣，有慶死的那年他才來到我們縣。

春生來的時候，我們都在家裡。隊長還沒走到門口就喊上了：

「福貴，劉縣長來看你啦。」

春生和隊長一進屋，我對家珍說：

「是春生，春生來了。」

誰知道家珍一聽是春生，眼淚馬上掉了出來，她衝著春生喊：

「你出去。」

我一下愣住了，隊長急了，對家珍說：

「妳怎麼能這樣對劉縣長說話。」

家珍可不管那麼多，她哭著喊道：

「你把有慶還給我。」

春生搖了搖頭，對家珍說：

「嫂子，我對不起你們，別的我也不說了，這二百塊錢你們拿著，算是我的一點心意。」

春生把錢遞給家珍，家珍看都不看，衝著他喊：

「你走，你出去。」

隊長跑到家珍跟前，擋住春生，說：

「家珍，妳眞糊塗，有慶是事故死的，又不是劉縣長害的。」

春生看家珍不肯收錢，就遞給我：

「福貴，你拿著吧，求你了。」

看著家珍那樣子，我哪敢收錢。春生就把錢塞到我手裡。家珍的怒火立刻衝著我來了，她喊道：

「你兒子就值兩百塊？」

我趕緊把錢塞回到春生手裡。春生那次被家珍趕走後，又來了兩次，家珍死活不讓他進門。女人都是一個心眼，她認準的事誰也不能讓她變。我送春生到村口，對他說：

「春生，你以後別來了。」

春生點點頭，走了。春生那次一走，就幾年沒再來，一直到文化大革命的時候，他才又來了一次。

城裡鬧上了文化大革命，亂糟糟的滿街都是人，每天都在打架，還有人被打死，村裡人都不敢進城去了。村裡比起城裡來，太平多了，還跟先前一樣，就是晚上睡覺睡不踏實，毛主席的最新最高指示總是在深更半夜裡來，隊長就站在曬場上拚命吹哨子，大夥聽到哨子便趕緊爬起來，到曬場去聽廣播，隊長在那裡喊：

「都到曬場來，毛主席他老人家要訓話啦。」

我們是平民百姓，國家的事不是不關心，是弄不明白，我們都是聽隊長的，隊長是聽上面的。只要上面怎麼說，我們就怎麼想，怎麼做。我和家珍最操心的還是鳳霞，鳳霞不小了，該給她找個婆家。鳳霞長得和家珍年輕時差不多，要不是她小時候得了那場病，說媒的早把我家門檻踏平了。我自己是力氣越來越小，家珍的病看樣子要全好是不可能了，我們這輩子也算經歷了不少事，人也該熟了，就跟梨那樣熟透了該從樹上掉下來。可我們放心不下鳳霞，她和別人不一樣，她老了誰會管她？

鳳霞說起來又聾又啞，她也是女人，不會不知道男婚女嫁的事。村裡每年都有嫁出去娶進來的，敲鑼打鼓熱鬧一陣，到那時候鳳霞握著鋤頭總要看得發呆，村裡幾個年輕人就對鳳霞指指點點，笑話她。

村裡王家三兒子娶親時，都說新娘漂亮。那天新娘被迎進村裡來時，穿著大紅的棉襖，吃吃笑個不停。我在田裡望去，新娘整個兒是個紅人了，那臉蛋紅撲撲特別順眼。田裡幹活的人全跑了過去，新郎從口袋裡摸出飛馬牌香菸，向年長的男人敬菸，幾個年輕人在一旁喊：

「還有我們，還有我們。」

新郎嘻嘻笑著把菸藏回到口袋裡，那幾個年輕人衝上去就搶，喊著：

「女人都娶到床上了，也不給根菸抽。」

新郎使勁捂住口袋，他們硬是掰開他的手指，從口袋裡拿出香菸後一個人舉著，別的人跟著跑上了一條田埂。

剩下的幾個年輕人圍著新娘，嘻嘻哈哈肯定說了些難聽的話，新娘低頭直笑。女人到了出嫁的時候，是什麼都看著舒服，什麼都聽著高興。

鳳霞在田裡，一看到這種場景，又看呆了，兩隻眼睛連眨都沒眨，鋤頭抱在懷裡，一動不動。我站在一旁看得心裡難受，心想她要看就讓她多看看吧。鳳霞命苦，她只有這麼一點看看別人出嫁的福分。誰知道鳳霞看著看著竟然走了上去，走到新娘旁邊，痴痴笑著和她一起走過去。這下可把那幾個年輕人笑壞了，我的鳳霞穿著滿是補丁的衣服，和新娘走在一起，新娘穿得又整齊又鮮艷，長得也好，和我鳳霞一比，鳳霞寒磣得實在是可憐。鳳霞臉上沒有脂粉，也紅撲撲和新娘一樣，她一直扭頭看著新娘。

村裡幾個年輕人又笑又叫，說：

「鳳霞想男人啦。」

這麼說說我也就聽進去了，誰知沒一會兒工夫難聽的話就出來了，有個人對新娘說：

「鳳霞看中妳的床了。」

鳳霞在旁邊一走，新娘笑不出來了，她是嫌棄鳳霞。這時有人對新郎說：

「你小子太合算了，一娶娶一雙，下面鋪一個，上面蓋一個。」

新郎聽後嘿嘿地笑，新娘受不住了，也不管自己新出嫁該害差一些，脖子一直就對新郎喊：

「你笑個屁。」

我實在是看不下去，走上田埂對他們說：

「做人不能這樣，要欺負人也不能欺負鳳霞，你們就欺負我吧。」

說完我拉住鳳霞就往家裡走，鳳霞是聰明人，一看到我的臉色，就知道剛才出了什麼事，她低著頭跟我往家走，走到家門口時眼淚掉了下來。

後來我和家珍商量著怎麼也得給鳳霞找一個男人，我們都是要死在她前面的，我們死後有鳳霞收作，鳳霞老這樣下去，死後連個收作的人都沒有。可又有誰願意娶鳳霞呢？

家珍說去求求隊長，隊長外面認識的人多，打聽打聽，沒準還眞有人要我們鳳霞。

我就去跟隊長說了，隊長聽後說：

「也是，鳳霞也該出嫁了，只是好人家難找。」

我說：「哪怕是缺胳膊斷腿的男人，只要他想娶鳳霞，我們都給。」

說完這話自己先心疼上了，鳳霞哪點比不上別人，就是不會說話。回到家裡，跟家珍一說，家珍也心疼上了，她坐在床上半晌不說話，末了嘆息一聲，說：

「事到如今也只能這樣了。」

過了沒多久，隊長給鳳霞找著了一個男人。那天我在自留地上澆糞，隊長走過來說：

「福貴，我給鳳霞找著婆家了，是縣城裡的人，搬運工，掙錢很多。」

我一聽條件這麼好，不相信，覺得隊長是在和我鬧著玩，我說：

「隊長，你別哄我了。」

隊長說：「沒哄你，他叫萬二喜，是個偏頭，腦袋靠著肩膀，怎麼也起不來。」

他一說是偏頭，我就信了，趕緊說：

「你快讓他來看看鳳霞吧。」

隊長一走，我扔了糞勺就往自己茅屋跑，沒進門就喊：

「家珍，家珍。」

家珍坐在床上以爲出了什麼事，看著我眼睛都睜圓了，我說：

「鳳霞有男人啦。」

家珍這才鬆了口氣，說：

「你嚇死我了。」

我說：「不缺腿，胳膊也全，還是城裡人呢。」

說完我嗚嗚地哭了，家珍先是笑，看到我哭，眼淚也流了出來。高興了一陣，家珍問：

「條件這麼好，會要鳳霞嗎？」

我說：「那男的是偏頭。」

家珍這才有些放心。那晚上家珍讓我把她過去的水紅旗袍拿出來，給鳳霞做了件衣服，家珍說：

「鳳霞總得打扮打扮，人家都要來相親了。」

沒出三天，萬二喜來了，眞是個偏頭，他看我時把左邊肩膀翹起來，又把肩膀向鳳霞和家珍翹翹，鳳霞一看到他這副模樣，咧著嘴笑了。

萬二喜穿著中山服，乾乾淨淨的，若不是腦袋靠著肩膀，那模樣還眞像是城裡來的幹部。他拿著一瓶酒一塊花布，由隊長陪著進來。家珍坐在床上，頭髮梳得很整齊，衣服破了一點，倒是很乾淨，我還專門在床下給家珍放了一雙新布鞋。鳳霞穿著水紅衣服低著頭坐在她娘旁邊。家珍笑嘻嘻地看著她未過門的女婿，心裡高興著呢。

萬二喜把酒和花布往桌上一放，就翹著肩膀在屋裡轉一圈，他是在看我們的屋子。我說：

「隊長，二喜，你們坐。」

二喜嗯了一聲在凳子上坐下，隊長擺擺手說：

「我就不坐了，二喜，這是鳳霞，這是她爹和她娘。」

鳳霞雙手放在腿上，看到隊長指著她，就向隊長笑，隊長指著家珍，她轉過去向家珍笑。家珍說：

「隊長，你請坐。」

隊長說：「不啦，我還有事，你們談吧。」

隊長轉身要走，留也留不住，我送走了隊長，回到屋中指指桌上的酒，對二喜說：

「讓你破費了，其實我有幾十年沒喝酒了。」

二喜聽後嗯了一聲，也不說話，翹著個肩膀在屋裡看來看去，看得我心裡七上八下。家珍笑著對他說：

「家裡是窮了一點。」

二喜又嗯了一聲，翹著肩膀去看家珍，家珍繼續說：

「好在家裡還養著一頭羊幾隻雞，福貴和我商量著等鳳霞出嫁時，把雞羊賣了辦嫁妝。」

二喜聽後還是嗯了一下，我都不知道他心裡想什麼。坐了一會，他站起來說要走了，我想這門親事算是完了。他都沒怎麼看鳳霞，老看我們的破爛屋子。我看看家珍，家珍苦笑一下，對二喜說：

「我腿沒力氣，下不了地。」

二喜點點頭走到了屋外，我問他：

「聘禮不帶走了？」

他嗯了一下，翹著肩膀看看屋頂的茅草，點了點頭後就走了。

我回到屋裡，在凳子上坐下，想想有些生氣，就說：

「自己腦袋都抬不起來，還挑三揀四的。」

家珍嘆了口氣說：

「這也不能怪人家。」

鳳霞聰明，一看到我們的樣子，就知道人家沒看上她，站起來走到裡面的房間，換了身舊衣服，扛著把鋤頭下地去了。

到了晚上，隊長來問我：

「成了嗎？」

我搖搖頭說：「太窮了，我家太窮了。」

第二天上午，我在耕田時，有人叫我：

「福貴，你看那路上，像是到你家相親的偏頭來了。」

我抬起頭來，看到五、六個人在那條路上搖搖擺擺地走來，還拉著一輛板車，只有走在最前面那人沒有搖擺，他偏著腦袋走得飛快。遠遠一看我就知道是二喜來了，我是一點也想不到他會來。

二喜見了我，說道：

「屋頂的茅草該換了，我拉了車石灰粉粉牆。」

我往那板車一望，有石灰有兩把刷牆的掃帚，上面擱著個小方桌，方桌上是一個豬頭。二喜手裡還提著兩瓶白酒。

那時候我才知道二喜東張西望不是嫌我家窮，他連我屋前的草垛子都看到眼裡去了。屋頂的茅草我早就想換了，只是等著農閒到來時好請村裡人幫忙。

二喜帶了五個人來，肉也買了，酒也備了，想得周到。他們來到我們茅屋門口，放下板車，二喜像是進了自己家一樣，一手提著豬頭，一手提著小方桌，走了進去，他把豬頭往桌上一放，小方桌放在家珍腿上，二喜說：

「吃飯什麼的都會方便一些。」

家珍當時眼睛就濕了，她是激動，她也沒想到二喜會來，會帶著人來給我家換茅草，還連夜給她做了個小方桌，家珍說：

「二喜，你想得真周到。」

二喜他們把桌子和凳子什麼的都搬到了屋外，在一棵樹下面鋪上了稻草，然後二喜走到床前要背家珍，家珍笑著擺擺手，叫我：

「福貴，你還站著幹什麼。」

我趕緊過去讓家珍上我背脊，我笑著對二喜說：

「我女人我來背，你往後背鳳霞吧。」

家珍敲了我一下，二喜聽後嘿嘿直笑。我把家珍背到樹下，讓她靠著樹坐在稻草上。看著二喜他們把草垛子分散了，紮成一小捆一小捆，二喜和另一個人爬到屋頂，下面留著四個，替我家翻屋頂的茅草。我看一眼就知道二喜帶來的人都是幹慣這活的，手腳都麻利。下面的用竹竿挑著往上扔，二喜和另一個人在上面鋪。別看二喜腦袋靠著肩膀，幹活一點都不礙事，茅草扔上去他先用腳踢一下，再伸手接住。有這本領的人，在我們村裡是一個都找不出來。

沒到中午，屋頂的活就幹完了。我給他們燒了一桶茶水，鳳霞給他們倒茶水，跑前跑後忙個不停，她也高興，看到家裡突然來了這麼多幹活的人，鳳霞笑開的嘴就沒合上。

村裡很多人都走過來看，一個女的對家珍說：

「女婿沒過門就幹活啦，妳好福氣啊。」

家珍說：「是鳳霞好福氣。」

二喜從屋頂上下來，我對他說：

「二喜，歇一會。」

二喜用袖管擦擦臉上的汗說：

「不累。」

說完又翹起肩膀往四處看，看到左邊一塊菜地問我：

「這是我家的地嗎？」

我說：「是啊。」

他就進屋拿了把菜刀，下到地裡割了幾棵新鮮的菜，又拿進屋去。不一會，他在裡面切豬頭了，我去攔他，讓他把這活留給鳳霞，他還是用袖管擦著汗說：

「不累。」

我只好出來去推鳳霞，鳳霞站在家珍旁邊，我把她往屋裡推的時候，她還不好意思地扭著頭看家珍，家珍笑著揮手讓她進去，她這才進了茅屋。

我和家珍陪著二喜帶來的人喝茶說話，中間我走進去一次，看到二喜和鳳霞像是兩口子，一個燒火，一個做飯炒菜。兩個人你看看我，我看看你，看過後都咧著嘴笑了。

我出來和家珍一說，家珍也笑了。過了一會，我忍不住又想進去看看，剛站起來家珍就叫住我，偷偷說：

「你別進去了。」

吃過午飯，二喜他們用石灰粉起了牆，我家的土牆到了第二天石灰一乾，變成白晃晃一片，像是城裡的磚瓦房子。粉完了牆天還早著，我對二喜說：

「吃了晚飯再走吧。」

他說：「不吃了。」

說著肩膀向鳳霞翹了翹，我知道他是在看鳳霞。他低聲問我和家珍：

「爹，娘，我什麼時候把鳳霞娶過去？」

一聽這話，一聽他叫我和家珍爹娘，我們歡喜得合不上嘴，我看看家珍後說：

「你想什麼時候就什麼時候。」

接著我又輕聲說：

「二喜，不是我想讓你破費，實在是鳳霞命苦，你娶鳳霞那天多叫些人來，熱鬧熱鬧，也好教村裡人看看。」

二喜說：「爹，知道了。」

那天晚上鳳霞摸著二喜送來的花布，看看笑笑，笑笑看看。有時抬頭看到我和家珍在笑，心裡一慌張臉就紅了。看得出來鳳霞喜歡二喜，我和家珍高興，家珍說：

「二喜是個實在人，心眼好，把鳳霞給他，我心裡踏實。」

我們把家裡的雞羊賣了，我又領著鳳霞去城裡給她做了兩身新衣服，給她添置了一床新被子，買了臉盆什麼的。凡是村裡別人家女兒有的，鳳霞都有，拿家珍的話說是：

「不能委屈鳳霞了。」

二喜來娶鳳霞那天，鑼鼓很遠就鬧過來了，村裡人全擠到村口去看。二喜帶來了二十多個人，全穿著中山服，要不是二喜胸口戴了朵大紅花，那樣子像是什麼大幹部下來了呢。十幾雙鑼同時敲著，兩個大鼓擂得咚咚響，把村裡人耳朵震得嗡嗡亂響。最顯眼的是中間有一輛披紅戴綠的板車，車上一把椅子也紅紅綠綠。一走進村裡，二喜就拆了兩條大前門香菸，見到男人就往他們手裡塞，嘴裡連連說：

「多謝，多謝。」

村裡別人家娶親嫁女時，抽的最好的香菸也不過是飛馬牌，二喜將大前門一盒一盒送人，那氣派把誰家都比下去了。拿到香菸的趕緊都往自己口袋裡放，像是怕人來搶似的，手指在口袋裡摸索著抽出一根放在嘴上。

跟在二喜身後那二十來人也賣力，鑼鼓敲得震天響，還扯著嗓子喊，他們的口袋都鼓鼓的，見到村裡年輕的女人和孩子，就把口袋裡的糖果往她們身上扔。這樣大手大腳把我都看呆了，心想扔掉的都是錢呵。

他們來到我家茅屋前，一個個進去看鳳霞，鑼鼓留在外面，村裡的年輕人就幫著敲上了。鳳霞那天穿上新衣服可真漂亮，連我這個做爹的都想不到她會這麼漂亮，她坐在家珍床前，在進來的人裡挨個找二喜，一看到二喜趕緊低下了頭。二喜帶來的城裡人見了鳳霞都說：

「這偏頭眞有艷福。」

後來過了好多年，村裡別的姑娘出嫁時，他們還都會說鳳霞出嫁時最氣派。那天鳳霞被迎出屋去時，臉蛋紅得跟番茄一樣，從來沒有那麼多人一起看著她，她把頭埋在胸前都不知道該怎麼辦，二喜拉著她的手走到板車旁，鳳霞看看車上的椅子還是不知道該幹什麼。個頭比鳳霞矮的二喜一把將鳳霞抱到了車上，看的人哄地笑起來，鳳霞也吃吃笑了。二喜對我和家珍說：

「爹，娘，我把鳳霞娶走啦。」

說著二喜自己拉起板車就走，板車一動，低頭笑著的鳳霞急忙扭過頭來，焦急地看來看去。我知道她是在看我和家珍，我背著家珍其實就站在她旁邊。她一看到我們，眼淚嘩嘩流了出來，她扭著身體哭著看我們。我一下子想起鳳霞十三歲那年，被人領走時也是這麼哭著看我，我一傷心眼淚也出來了，這時我脖子上也濕了，我知道家珍也在哭。我想想這次不一樣，這次鳳霞是出嫁，我就笑了，對家珍說：

「家珍，今天是辦喜事，妳該笑。」

二喜是實心眼，他拉著板車走時，還老回過頭去看看他的新娘，一看到鳳霞扭著身體朝我們哭，他就不走了，站在那裡也把身體扭著。鳳霞是越哭越傷心，肩膀也一抖一抖了，讓我這個做爹的心裡一抽一抽，我對二喜喊：

「二喜，鳳霞是你的女人了，你還不快拉走。」

鳳霞嫁到了城裡，我和家珍就跟丟了魂似的，怎麼都覺得心慌。往常鳳霞在屋裡進進出出也不怎麼覺得，如今鳳霞一走，屋裡就剩我和家珍，兩個人看來看去，都看了幾十年了，像是還沒看夠。我還好，在地裡幹活能分掉點想鳳霞的心思。家珍就苦了，整天坐在床上，整天閒著，沒有了鳳霞，做娘的心裡能不慌張？先前她在床上待著從不說什麼，這麼一來她可就難受了，腰也痠了背也疼了，怎麼都不舒服。我也知道那滋味，整天在床上，比下地幹活還累，身體都活動不了。我就在黃昏的時候背著她到村裡去走走，村裡人見了家珍，都親熱地問長問短，家珍心裡也舒暢多了，她貼著我耳朵問：

「他們不會笑話我們吧。」

我說：「我背著自己的女人有什麼好笑話的。」

家珍開始喜歡提一些過去的事，到了一處，她就要說起鳳霞，說起有慶從前的事，說著說著就笑。來到了村口，家珍說起那天我回來的事，家珍在田裡幹活，聽到有個人大聲叫鳳霞，叫有慶，抬頭一看看到了我，起先還不敢認。家珍說到這裡笑著哭了，淚水滴在我脖子上，她說：

「你回來就什麼都好了。」

按規矩鳳霞得一個月以後回來，我們也得一個月以後才能去看她。誰知鳳霞嫁出去還不到十天，就回來了。那天傍晚我們剛吃過飯，有人在外面喊：

「福貴，你到村口去看看，像是你家的偏頭女婿來了。」

我還不相信，村裡人都知道我和家珍想鳳霞都快想呆了，我覺得村裡人是在捉弄我們，我跟家珍說：

「不會吧，才十來天工夫。」

家珍急了，她說：

「你快去看看。」

我跑到村口一看，還眞是二喜，翹著左邊的肩膀，手裡提著一包糕點，鳳霞走在他旁邊，兩個人手拉著手，笑咪咪地走來。村裡人見了都笑，那年月可是見不到男女手拉著手的，我對他們說：

「二喜是城裡人，城裡人就是洋氣。」

鳳霞和二喜一來，家珍高興壞了，鳳霞在床沿上一坐，家珍拉住她的手摸個沒完，一遍遍說鳳霞長胖了，其實十來天工夫能長多少肉？我對二喜說：

「沒想到你們會來，一點準備都沒有。」

二喜嘿嘿地笑，他說他也不知道會來，是鳳霞拉著他，他糊里糊塗地跟來了。

鳳霞嫁出去沒過十天就回來，我們也不管什麼老規矩了，我是三天兩頭往城裡跑，說起來是家珍要我去的，我自己也想著要常去看看他們。我往城裡跑得這麼勤快，跟年輕時一樣了，只是去的地方不一樣。

去的時候，我就在自留地裡割上幾棵青菜，放在籃子裡提著，穿上家珍給我做的新布鞋。我割菜時鞋上沾了點泥，家珍就叫住我，要我把泥擦掉，我說：

「人都老了，還在乎什麼鞋上有泥。」

家珍說：「話可不能這麼說，人老了也是人，是人就得乾淨一些。」

這倒也是，家珍病了那麼多年，在床上下不了地，頭髮每天都還是梳得整整齊齊的。我穿得乾乾淨淨走出村口，村裡人見我提著青菜，就問：

「又去看鳳霞？」

我點點頭：「是啊。」

他們說：「你老這麼去，那偏頭女婿不趕你走？」

我說：「二喜才不會呢。」

二喜家的鄰居都喜歡鳳霞，我一去，他們就誇她，說她又勤快又聰明。掃地時連別人家的屋前也掃，一掃就掃半條街，鄰居看到鳳霞汗都出來了，走過去拍拍她，讓她別掃了，她這才笑咪咪地回到自己屋裡。

鳳霞以前沒學過織毛衣，我們家窮，誰也沒穿過毛衣。鳳霞看到鄰居的女人坐在門前織毛衣，手穿來插去的，心裡喜歡她就搬著把凳子坐到跟前看，一看就看半天，人都看呆了。鄰居家的女人看著鳳霞這麼喜歡，便手把手教她。這麼一教可把她們嚇一跳，鳳霞一學就會，才三、四天，鳳霞織毛衣和她們一樣快了。她們見了我就說：

「要是鳳霞不聾不啞有多好。」

她們也在心裡可憐鳳霞。後來只要屋裡的活一忙完，鳳霞便坐到門前替她們織毛衣。整條街的女人裡就數鳳霞毛衣織得最緊最密，這下可好了，她們都把毛線送過來，讓鳳霞替她們織。鳳霞累是累了一些，可她心裡高興。毛衣織成了給人家，她們向她翹翹大拇指，鳳霞張著嘴就要笑半天。

我一進城，鄰居家的女人就過來挨個告訴我，鳳霞這兒好，那兒好，我聽到的全是好話，聽得我眼睛都紅了，我說：

「城裡人就是好，在村裡是難得才聽到說我鳳霞好。」

看到大家都這麼喜歡鳳霞，二喜又疼愛她，我心裡高興啊。回到家裡，家珍總是埋怨我去得太久，這也是，家珍一個人在家裡伸直了脖子等我回去說些鳳霞的新鮮事，左等右等不見我回來，心裡當然要焦急，我說：

「一見了鳳霞就忘了時間。」

每次回到家裡，我都要坐在床邊說半晌，鳳霞屋裡屋外的事，她穿什麼顏色的衣服，家珍給她做的鞋穿破了沒有。家珍什麼都想知道，她是沒完沒了的問，我也沒完沒了地說，說得我嘴裡都沒有唾沫了，家珍也不放過我，問我：

「還有什麼忘了說了？」

一說說到天黑，村裡人都差不多要上床睡覺了，我們都還沒吃飯，我說：

「我得煮吃的了。」

家珍拉住我，求我：

「你再給我說說鳳霞。」

其實我也願意多說說鳳霞，跟家珍說我還嫌不夠，到田裡幹活時，我又跟村裡人說了，說鳳霞又聰明又勤快，在城裡怎麼好，怎麼招人喜愛，毛衣織得比誰都快。村裡有些人聽了還不高興，對我說：

「福貴，你是老昏了頭，城裡人心眼壞著呢，鳳霞整天給別人家幹活還不累死。」

我說：「話可不能這麼說。」

他們說：「鳳霞替她們織毛衣，她們也得送點東西給鳳霞，送了嗎？」

村裡人心眼就是小，淨想些撿便宜的事。城裡的女人可不是他們說得那麼壞，我有兩次聽到她們對二喜說：

「二喜，你去買兩斤毛線來，也該讓鳳霞有件毛衣。」

二喜聽後笑笑，沒作聲。二喜是實在人，娶鳳霞時他依了我的話，錢花多了，欠下了債。到了私下裡，他悄悄對我說：

「爹，我還了債就給鳳霞買毛線。」

城裡的文化大革命是越鬧越凶，滿街都是大字報，貼大字報的人都是些懶漢，新的貼上去時也不把舊的撕掉，越貼越厚，那牆上像是有很多口袋似的鼓了出來。連鳳霞、二喜他們屋門上都貼了標語，屋裡臉盆什麼的也印上了毛主席他老人家的話，鳳霞他們的枕巾上印著：千萬不要忘記階級鬥爭；床單上的字是：在大風大浪中前進。二喜和鳳霞每天都睡在毛主席的話上面。

我每次進城，看到人多的地方就避開，城裡是天天都在打架，我就見過幾次有人被打得躺在地上起不來。難怪隊長再不上城裡開會了，公社常派人來通知他去縣裡開三級幹部會議，隊長都不去，私下裡對我們說：

「城裡天天都在死人，我嚇都嚇死了，眼下進城去開會就是進了棺材。」

隊長躲在村裡哪裡都不去，可他也只是過了幾個月的安穩日子，他不出去，別人找上門來了。那天我們都在田裡幹活，遠遠地看到一面紅旗飄過來，來了一隊城裡的紅衛兵。隊長也在田裡，看到他們走來，當時脖子就縮了縮，提心吊膽地問我：

「該不會來找我的吧？」

領頭的紅衛兵是個女的，他們來到了我們跟前，那女的朝我們喊：

「這裡爲什麼沒有標語，沒有大字報？隊長呢？隊長是誰？」

隊長趕緊扔了鋤頭跑過去，點頭哈腰地說：

「紅衛兵小將同志。」

那個女的揮揮手臂問：

「爲什麼沒有標語和大字報？」

隊長說：「有標語，有兩條標語呢，就刷在那間屋子後面。」

那女的看上去最多只有十六、七歲，她在我們隊長面前神氣活現，眼睛斜了斜就算是看過隊長了。她對幾個提著油漆筒的紅衛兵說：

「去刷上標語。」

那幾個紅衛兵就朝村裡的房子跑去，去刷標語了。領頭的女孩對隊長說：

「讓全村人集合。」

隊長急忙從口袋裡掏出哨子拚命吹，在別的田裡幹活的人趕緊跑了過來。等人集合得差不多了，那女的對我們喊：

「你們這裡的地主是誰？」

大夥一聽這話全朝我看上了，看得我腿都哆嗦了，好在隊長說：

「地主解放初就斃掉了。」

她又問：「有沒有富農？」

隊長說：「富農有一個，前年歸西了。」

她看看隊長，對我們大夥喊：

「那走資派有沒有？」

隊長陪著笑臉說：

「這村裡是小地方，哪有走資派。」

她的手突然一伸，都快指到隊長的鼻子上了，她問：

「你是什麼？」

隊長嚇得連聲說：

「我是隊長，是隊長。」

誰知道她大喊一聲：

「你就是走資本主義道路的當權派。」

隊長嚇壞了，連連擺手說：

「不是，不是，我沒走。」

那女的沒理他，朝我們喊：

「他對你們進行白色統治，他欺壓你們，你們要起來反抗，要砸斷他的狗腿。」

村裡人都看傻了，平日裡隊長可神氣了，他說什麼我們聽什麼，從沒人覺得隊長說得不對。如今隊長被這群城裡來的孩子折騰得腰都彎下去了，他連連求饒，我們都說不出口的話他也說了。隊長求了一會，轉身對我們喊：

「你們出來說說呀，我沒欺壓你們。」

大夥看看隊長，又看看那些紅衛兵，三三兩兩地說：

「隊長沒有欺壓我們，他是個好人。」

那個女的皺著眉看我們，說：

「不可救藥。」

說完她朝幾個紅衛兵揮揮手：

「把他押走。」

兩個紅衛兵走過去抓住隊長的胳膊，隊長伸直了脖子喊：

「我不進城，鄉親們哪，救救我，我不能進城，進城就是進棺材。」

隊長再喊也沒用，被他們把胳膊扭到後面，彎著身體押走了。大夥看著他們喊著口號殺氣騰騰地走去，誰也沒上去阻攔，沒人有這個膽量。

隊長這麼一去，大夥都覺得凶多吉少，城裡那地方亂著呢，就算隊長保住命，也得缺條胳膊少條腿的。誰知沒出三天，隊長就回來，一副鼻青眼腫的模樣，在那條路上晃悠悠地走來，在地裡的人趕緊迎上去，叫他：

「隊長。」

隊長眼皮抬了抬，看看大夥，什麼話沒說，一直走回自己家，呼呼地睡了兩天。到了第三天，隊長扛著把鋤頭下到田裡，臉上的腫消了很多，大夥圍上去問這問那，問他身上還疼不疼，他搖搖頭說：

「疼倒沒什麼，不讓我睡覺，他娘的比疼還難受。」

說著隊長掉出了眼淚，說：

「我算是看透了，平日裡我像護著兒子一樣護著你們，輪到我倒楣了，誰也不來救我。」

隊長說得我們大夥都不敢去看他。隊長總還算好，被拉到城裡只是吃了三天的拳腳。春生住在城裡，可就更慘了。我還一直不知道春生也倒楣了，那天我進城去看鳳霞，在街上看到一夥戴著各種紙帽子，胸前掛著牌牌的人被押著遊街。起先我沒怎麼在意，等他們來到跟前，我嚇了一跳，走在最前頭的竟是春生。春生低著頭，沒看到我，從我身邊走過去後，春生突然抬起頭來喊：

「毛主席萬歲。」

幾個戴紅袖章的人衝上去對春生又打又踢，罵道：

「這是你喊的嗎？他娘的走資派。」

春生被他們打倒在地，身體擱在那塊木牌上，一隻腳踢在他腦袋上，春生的腦袋像是被踢出個洞似的咚地一聲響，整個人趴在了地上。春生被打得一點聲音都沒有，我這輩子沒見過這麼打人的，在地上的春生像是一塊死肉，任他們用腳去踢。再打下去還不把春生打死了，我上去拉住兩個人的袖管，說：

「求你們別打了。」

他們用勁推了我一把，我差點摔到地上，他們說：

「你是什麼人？」

我說：「求你們別打了。」

有個人指著春生說：

「你知道他是什麼人？他是舊縣長，是走資派。」

我說：「這我都不知道，我只知道他是春生。」

他們一說話，也就沒再去打春生，喊著要春生爬起來。春生被打成那樣了，怎麼爬得起來？我就去扶他，春生認出了我，說：

「福貴，你快走開。」

那天我回到家裡，坐在床邊，把春生的事跟家珍說了，家珍聽了都低下頭，我就說：

「當初妳不該不讓春生進屋。」

家診雖然嘴上沒說什麼，其實她心裡想得也和我一樣。

過了一個多月，春生偷偷地上我家來了，他來時都深更半夜，我和家珍已經睡了，敲門把我們敲醒，我打開門藉著月光一看是春生，春生的臉腫得都圓了，我說：

「春生，快進來。」

春生站在門外不肯進來，他問：

「嫂子還好吧！」

我就對家珍說：

「家珍，是春生。」

家珍坐在床上沒有答應，我讓春生進屋，家珍不開口，春生就不進來，他說：

「福貴，你出來一下。」

我回頭又對家珍說：

「家珍，是春生來了。」

家珍還是沒理我，我只好披上衣服走出去，春生走到我家屋前那棵樹下，對我說：

「福貴，我是來和你告別的。」

我問：「你要去哪裡？」

他咬著牙齒狠狠地說：

「我不想活了。」

我吃了一驚，急忙拉住春生的胳膊說：

「春生，你別糊塗，你還有女人和兒子呢。」

一聽這話，春生哭了，他說：

「福貴，我每天都被他們吊起來打。」

說著他把手伸過來：

「你摸摸我的手。」

我一摸，那手像是煮熟了一樣，燙得嚇人，我問他：

「疼不疼？」

他搖搖頭：「不覺得了。」

我把他肩膀往下按，說道：

「春生，你先坐下。」

我對他說：「你千萬別糊塗，死人都還想活過來，你一個大活人可不能去死。」

我又說：「你的命是爹娘給的，你不要命了也得先去問問他們。」

春生抹了抹眼淚說：

「我爹娘早死了。」

我說：「那你更該好好活著，你想想，你走南闖北打了那麼多仗，你活下來容易嗎？」

那天我和春生說了很多話，家珍坐在屋裡床上全聽進去了。到了天快亮的時候，春生像是有些想通了，他站起來說要走了，這時家珍在裡面喊：

「春生。」

我們兩個都怔了一下，家珍又叫了一聲，春生才答應。我們走到門口，家珍在床上說：

「春生，你要活著。」

春生點了點頭，家珍在裡面哭了，她說：

「你還欠我們一條命，你就拿自己的命來還吧。」

春生站了一會說：

「我知道了。」

我把春生送到村口，春生讓我站住，別送了，我就站在村口，看著春生走去，春生都被打瘸了，他低著頭走得很吃力。我又放心不下，對他喊：

「春生，你要答應我活著。」

春生走了幾步回過頭來說：

「我答應你。」

春生後來還是沒有答應我，一個多月後，我聽說城裡的劉縣長上吊死了。一個人命再大，要是自己想死，那就怎麼也活不了。我把這話對家珍說了，家珍聽後難受了一天，到了夜裡她說：

「其實有慶的死不能怪春生。」

到了田裡的活一忙，我就不能常常進城去看鳳霞了。好在那時是人民公社，村裡人在一起幹活，我用不著焦急。只是家珍還是下不了床，我起早摸黑，既不能誤了田裡的活，又不能讓家珍餓著，人實在是累。年紀大了，要是年輕他二十歲，睡上一覺就會沒事，到了那個年紀，人累了睡上幾覺也補不回來，幹活時手臂都抬不起來，我混在村裡人中間，每天只是裝裝樣子，他們也都知道我的難處，誰也不來說我。

農忙時鳳霞來住了幾天，替我做飯燒水，侍候家珍，我輕鬆了很多。可是想想嫁出去的女兒就是潑出去的水，鳳霞早就是二喜的人了，不能在家裡待得太久。我和家珍商量了一下，怎麼也得讓鳳霞回去了，就把鳳霞趕走了。我是用手一推一推把她推出村口的，村裡人見了嘻嘻笑，說沒見過像我這樣的爹。我聽了也嘻嘻笑，心想村裡誰家的女兒也沒像鳳霞對她爹娘這麼好，我說：

「鳳霞只有一個人，服侍了我和家珍，就服侍不了我的偏頭女婿了。」

鳳霞被我趕回城裡，過了沒多久又回來了，這次連偏頭女婿也來了。兩個人在遠處拉著手走來，我很遠就看到了他們，不用看二喜的偏腦袋，就看拉著手我也知道是誰了。二喜提著一瓶黃酒，咧著嘴笑個不停。鳳霞手裡挎著個小竹籃子，也像二喜一樣笑。我想是什麼好事，這麼高興。

到了家裡，二喜把門關上，說：

「爹，娘，鳳霞有啦。」

鳳霞有孩子了，我和家珍嘴一咧也都笑了。我們四個人笑了半晌，二喜才想起來手裡的黃酒，走到床邊將酒放在小方桌上，鳳霞從籃裡拿出碗豆子。我說：

「都到床上去，都到床上去。」

鳳霞坐到家珍身旁，我拿了四只碗和二喜坐一頭。二喜給我倒滿了酒，給家珍也倒滿，又去給鳳霞倒，鳳霞捏住酒瓶連連搖頭，二喜說：

「今天妳也喝。」

鳳霞像是聽懂了二喜的話，不再搖頭。我們端起了碗，鳳霞喝了一口皺皺眉，去看家珍，家珍也在皺眉，她抿著嘴笑了。我和二喜都是一口把酒喝乾，一碗酒下肚，二喜眼淚掉了出來，他說：

「爹，娘，我是做夢也想不到會有今天。」

一聽這話，家珍眼睛馬上就濕了，看著家珍的樣子，我眼淚也下來了，我說：

「我也想不到，先前最怕的就是我和家珍死了鳳霞怎麼辦，你娶了鳳霞，我們心就定了，有了孩子更好了，鳳霞以後死了也有人收作。」

鳳霞看到我們哭，也眼淚汪汪的。家珍哭著說：

「要是有慶活著就好了，他是鳳霞帶大的，他和鳳霞親著呢，有慶看不到今天了。」

二喜哭得更凶了，他說：

「要是我爹娘還活著就好了，我娘死的時候捏住我的手不肯放。」

四個人越哭越傷心，哭了一陣，二喜又笑了，他指指那碗豆子說：

「爹，娘，你們吃豆子，是鳳霞做的。」

我說：「我吃，我吃，家珍，妳吃。」

我和家珍看來看去，兩個人都笑了，我們馬上就會有外孫了。那天四個人哭哭笑笑，一直到天黑，二喜和鳳霞才回去。

鳳霞有了孩子，二喜就更疼愛她。到了夏天，屋裡蚊子多，又沒有蚊帳，天一黑二喜便躺到床上去餵蚊子，讓鳳霞在外面坐著乘涼，等把屋裡的蚊子餵飽，不再咬人了，才讓鳳霞進去睡。有幾次鳳霞進去看他，他就焦急，一把將鳳霞抱出去。這都是二喜家的鄰居告訴我的，她們對二喜說：

「你去買頂蚊帳。」

二喜笑笑不作聲，瞅空兒才對我說：

「債不還清，我心裡不踏實。」

看著二喜身上被蚊子咬得到處都是紅點，我也心疼，我說：

「你別這樣。」

二喜說：「我一個人，蚊子多咬幾口撿不了什麼便宜，鳳霞可是兩個人啊。」

鳳霞是在冬天裡生孩子的，那天雪下得很大，窗戶外面什麼都看不清楚。鳳霞進了產房一夜都沒出來，我和二喜在外面越等越怕，一有醫生出來，就上去問，知道還在生，便有些放心。到天快亮時，二喜說：

「爹，你先去睡吧。」

我搖搖頭說：「心懸著睡不著。」

二喜勸我：「兩個人不能綁在一起，鳳霞生完了孩子還得有人照應。」

我想想二喜說得也對，就說：

「二喜，你先去睡。」

兩個人推來推去，誰也沒睡。到天完全亮了，鳳霞還沒出來，我們又怕了，比鳳霞晚進去的女人都生完孩子出來了。我和二喜哪還坐得住，湊到門口去聽裡面的聲音，聽到有女人在叫喚，我們才放心，二喜說：

「苦了鳳霞了。」

過了一會，我覺得不對，鳳霞是啞巴，不會叫喚的，這麼對二喜說，二喜的臉一下子白了，他跑到產房門口拚命喊：

「鳳霞，鳳霞。」

裡面出來個醫生朝二喜喊道：

「你叫什麼，出去。」

二喜嗚嗚地哭了，他說：

「我女人怎麼還沒出來。」

旁邊有人對我們說：

「生孩子有快的，也有慢的。」

我看看二喜，二喜看看我，想想可能是這樣，就坐下來再等著，心裡還是咚咚亂跳。沒多久，出來一個醫生問我們：

「要大的？還是要小的？」

她這麼一問，把我們問傻了，她又說：

「喂，問你們呢？」

二喜噗通跪在了她跟前，哭著喊：

「醫生，救救鳳霞，我要鳳霞。」

二喜在地上哇哇地哭，我把他扶起來，勸他別這樣，這樣傷身體，我說：

「只要鳳霞沒事就好了，俗話說留得青山在，不怕沒柴燒。」

二喜嗚嗚地說：

「我兒子沒了。」

我也沒了外孫，我腦袋一低也嗚嗚地哭了。到了中午，裡面有醫生出來說：

「生啦，是兒子。」

二喜一聽急了，跳起來叫道：

「我沒要小的。」

醫生說：「大的也沒事。」

鳳霞也沒事，我眼前就暈暈乎乎了，年紀一大，身體折騰不起啊。二喜高興壞了，他坐在我旁邊身體直抖，那是笑得太厲害了。我對二喜說：

「現在心放下了，能睡覺了，過會再來替你。」

誰料到我一走鳳霞就出事了，我走了才幾分鐘，好幾個醫生跑進了產房，還拖著氧氣瓶。鳳霞生下了孩子後大出血，天黑前斷了氣。我的一雙兒女都是生孩子死的，有慶死是別人生孩子，鳳霞死在自己生孩子上。

那天雪下得特別大，鳳霞死後躺到了那間小屋裡，我去看她一見到那間屋子就走不進去了，十多年前有慶也是死在這裡的。我站在雪裡聽著二喜在裡面一遍遍叫著鳳霞，心裡疼得蹲在了地上。雪花飄著落下來，我看不清那屋子的門，只聽到二喜在裡面又哭又喊，我就叫二喜，叫了好幾聲，二喜才在裡面答應一聲，他走到門口，對我說：

「我要大的，他們給了我小的。」

我說：「我們回家吧，這家醫院和我們前世有仇，有慶死在這裡，鳳霞也死在這裡。二喜，我們回家吧。」

二喜聽了我的話，把鳳霞背在身後，我們三個人往家走。那時候天黑了，街上全是雪，人都見不到，西北風呼呼吹來，雪花打在我們臉上，像是沙子一樣。二喜哭得聲音都啞了，走上一段他說：

「爹，我走不動了。」

我讓他把鳳霞給我，他不肯，又走了幾步他蹲了下去，說：

「爹，我腰疼得不行了。」

那是哭的，把腰哭疼了。回到了家裡，二喜把鳳霞放在床上，自己坐在床沿上盯著鳳霞看，二喜的身體都縮成一團了。我不用看他，就是去看他和鳳霞在牆上的影子，也讓我難受得看不下去。那兩個影子又黑又大，一個躺著，一個像是跪著，都是一動不動，只有二喜的眼淚在動，讓我看到一顆一顆大黑點在兩個人影中間滑著。我就跑到灶間，去燒些水，讓二喜喝了暖暖身體，等我燒開了水端過去時，燈熄了，二喜和鳳霞睡了。

那晚上我在二喜他們灶間坐到天亮，外面的風呼呼地響著，有一陣子下起了雪珠子，打在門窗上沙沙亂響，二喜和鳳霞睡在裡面屋子裡一點聲音也沒有，寒風從門縫不時颼颼的鑽進來，吹得我兩個膝蓋又冷又疼，我心裡就跟結了冰似的一陣陣發麻，我的一雙兒女就這樣都去了，到了那種時候想哭都沒有了眼淚。我想想家珍那時還睜著眼睛等我回去報信，我出來時她一遍一遍囑咐我，等鳳霞一生下來趕緊回去告訴她是男還是女。鳳霞一死，讓我怎麼回去對她說？

有慶死時，家珍差點也一起去了，如今鳳霞又死到她前面，做娘的心裡怎麼受得住。第二天，二喜背著鳳霞，跟著我回到家裡。那時還下著雪，鳳霞身上像是蓋上棉花似的差不多全白了。一進屋，看到家珍坐在床上，頭髮亂糟糟的，腦袋靠在牆上，我就知道她心裡明白鳳霞出事了，我已經連著兩天兩夜沒回家了。我的眼淚涮涮地流了出來，二喜本來已經不哭了，一看到家珍又嗚嗚地哭起來，他嘴裡叫著：

「娘，娘……」

家珍的腦袋動了動，離開了牆壁，眼睛一動不動地看著二喜背脊上的鳳霞。我幫著二喜把鳳霞放到床上，家珍的腦袋就低下來去看鳳霞，那雙眼睛定定的，像是快從眼眶裡突出來了。我是怎麼也想不到家珍會是這麼一副樣子，她一顆淚水都沒掉出來，只是看著鳳霞，手在鳳霞臉上和頭髮上摸著。二喜哭得蹲了下去，腦袋靠在床沿上。我站在一旁看著家珍，心裡不知道她接下去會怎麼樣。那天家珍沒有哭也沒有喊，只是偶爾地搖了搖頭。鳳霞身上的雪慢慢融化了以後，整張床上都濕淋淋了。

鳳霞和有慶埋在了一起。那時雪停住了，陽光從天上照下來，西北風颳得更凶了，呼呼直響，差不多蓋住了樹葉的響聲。埋了鳳霞，我和二喜抱著鋤頭鏟子站在那裡，風把我們兩個人吹得都快站不住了。滿地都是雪，在陽光下面白晃晃刺得眼睛疼，只有鳳霞的墳上沒有雪，看著這濕漉漉的泥土，我和二喜誰也抬不動腳走開。二喜指指緊挨著的一塊空地說：

「爹，我死了埋在這裡。」

我嘆了口氣對二喜說：

「這塊就留給我吧，我怎麼也會死在你前面的。」

埋掉了鳳霞，孩子也可以從醫院裡抱出來了。二喜抱著他兒子走了十多里路來我家，把孩子放在床上，那孩子睜開眼睛時皺著眉，兩個眼珠子飄來飄去，不知道他在看什麼。看著孩子這副模樣，我和二喜都笑了。家珍是一點都沒笑，她眼睛定定地看著孩子，手指放在他臉旁，家珍當初的神態和看死去的鳳霞一模一樣，我當時心裡七上八下的。家珍的模樣嚇住了我，我不知道家珍是怎麼了。後來二喜抬起臉來，一看到家珍他立刻不笑了，垂著手臂站在那裡不知道怎麼才好。過了很久，二喜才輕聲對我說：

「爹，你給孩子取個名字。」

家珍那時開口說話了，她聲音沙沙地說：

「這孩子生下來沒有了娘，就叫他苦根吧。」

鳳霞死後不到三個月，家珍也死了。家珍死前的那些日子，常對我說：

「福貴，有慶、鳳霞是你送的葬，我想到你會親手埋掉我，就安心了。」

她是知道自己快要熟了，反倒顯得很安心。那時候她已經沒力氣坐起來了，閉著眼睛躺在床上，耳朵還很靈，我收工回家推開門，她就會睜開眼睛，嘴巴一動一動，我知道她是在對我說話，那幾天她特別愛說話，我就坐到床上，把臉湊下去聽她說，那聲音輕得跟心跳似的。人啊，活著時受了再多的苦，到了快死的時候也會想個法子來寬慰自己，家珍到那時也想通了，她一遍一遍對我說：

「這輩子也快過完了，你對我這麼好，我也心滿意足，我爲你生了一雙兒女，也算是報答你了，下輩子我們還要在一起過。」

家珍說到下輩子還要做我的女人，我的眼淚就掉了出來，掉到了她臉上，她眼睛眨了兩下微微笑了，她說：

「鳳霞、有慶都死在我前頭，我心也定了，用不著再爲他們操心，怎麼說我也是做娘的女人，兩個孩子活著時都孝順我，做人能做成這樣我該知足了。」

她說我：「你還得好好活下去，還有苦根和二喜，二喜其實也是自己的兒子了，苦根長大了會和有慶一樣對你好，會孝順你的。」

家珍是在中午死的，我收工回家，她眼睛睜了睜，我湊過去沒聽到她說話，就到灶間給她熬了碗粥。等我將粥端過去在床前坐下時，閉著眼睛的家珍突然捏住了我的手，我想不到她還會有這麼大的力氣，心裡吃了一驚，悄悄抽了抽，抽不出來，我趕緊把粥放在一把凳子上，騰出手摸摸她的額頭，還暖和著，我才有些放心。家珍像是睡著一樣，臉看上去安安靜靜的，一點都看不出難受來。誰知沒一會，家珍捏住我的手涼了，我去摸她的手臂，她的手臂是一截一截的涼下去，那時候她的兩條腿也涼了，她全身都涼了，只有胸口還有一塊地方暖和著，我的手貼在家珍胸口上，胸口的熱氣像是從我手指縫裡一點一點漏了出來。她捏住我的手後來一鬆，就癱在了我的胳膊上。

「家珍死得很好。」福貴說。那個時候下午即將過去了，在田裡幹活的人開始三三兩兩走上田埂，太陽掛在西邊的天空上，不再那麼耀眼，變成了通紅一輪，浮在一片紅光閃閃的雲層上。

福貴微笑地看著我，西落的陽光照在他臉上，顯得格外精神。他說：

「家珍死得很好，死得平平安安，乾乾淨淨，死後一點是非都沒留下，不像村裡有些女人，死了還有人說閒話。」

坐在我對面的這位老人，用這樣的語氣談論著十多年前死去的妻子，使我內心湧上一股難言的溫情，彷彿是一片青草在風中搖曳，我看到寧靜在遙遠處波動。

四周的人離開後的田野，呈現了舒展的姿態，看上去是那麼的廣闊，無邊無際，在夕光之中如同水一樣泛出著片片光芒。福貴的兩隻手擱在自己腿上，眼睛瞇縫著看我，他還沒有站起來的意思，我知道他的講述還沒有結束。我心想趁他站起來之前，讓他把一切都說完吧。我就問：

「苦根現在有多大了？」

福貴的眼睛裡流出了奇妙的神色，我分不清是悲涼，還是欣慰。他的目光從我頭髮上飄過去，往遠處看了看，然後說：

「要是按年頭算，苦根今年該有十七歲了。」

家珍死後，我就只有二喜和苦根了，二喜花錢請人做了個背兜，苦根便整天在他爹背脊上了，二喜幹活時也就更累，他幹搬運活，拉滿滿一車貨物，還得背著苦根，呼哧呼哧的氣都快喘不過來了。身上還背著個包裹，裡面塞著苦根的尿布，有時天氣陰沉，尿布沒乾，又沒換的，只好在板車上綁三根竹竿，兩根豎著，一根橫著，上面晾著尿布。城裡的人見了都笑他，和二喜一起幹活的夥伴都知道他苦，見到有人笑話二喜，就罵道：

「你他娘的再笑？再笑就讓你哭。」

苦根在背兜裡一哭，二喜聽哭聲就知道是餓了，還是拉屎了，他對我說：

「哭的聲音長是餓了，哭的聲音短是屁股那地方難受了。」

也眞是，苦根拉屎撒尿後哭起來嗯嗯的，起先還覺得他是在笑。這麼小的人就知道哭得不一樣。那是心疼他爹，一下子就告訴他爹他想幹什麼，二喜也用不著來回折騰了。

苦根餓了，二喜就放下板車去找正在奶孩子的女人，遞上一毛錢輕聲說：

「求妳餵他幾口。」

二喜不像別人家孩子的爹，是看著孩子長大。二喜覺得苦根背在身上又沉了一些，他就知道苦根又大了一些。做爹的心裡自然高興，他對我說：

「苦根又沉了。」

我進城去看他們，常看到二喜拉著板車，汗淋地走在街上，苦根在他的背兜裡小腦袋吊在外面一搖一搖的。我看二喜太累，勸他把苦根給我，帶到鄉下去。二喜不答應，他說：

「爹，我離不了苦根。」

好在苦根很快大起來，苦根能走路了，二喜也輕鬆了一些，他裝卸時讓苦根在一旁玩，拉起板車就把苦根放到車上。苦根大一些後也知道我是誰了，他常聽到二喜叫我爹，便記住了。我每次進城去看他們，坐在板車裡的苦根一看到我，馬上尖聲叫起來，他朝二喜喊：

「爹，你爹來了。」

這孩子還在他爹背兜裡時，就會罵人了，生氣時小嘴巴噼噼啪啪，臉蛋漲得通紅，誰也不知道他在說些什麼，只看到唾沫從他嘴裡飛出來，只有二喜知道，二喜告訴我：

「他在罵人呢。」

苦根會走路會說幾句話後，就更精了，一看到別的孩子手裡有什麼好玩的，嘻嘻笑著拚命招手，說：

「來，來，來。」

別的孩子走到他跟前，他伸手便要去搶人家手裡的東西，人家不給他，他就翻臉，氣沖沖地趕人家走，說：

「走，走，走。」

沒了鳳霞，二喜是再也沒有回過魂來，他本來說話不多，鳳霞一死，他話就更少了，人家說什麼，他嗯一下算是也說了，只有見到我才多說幾句。苦根成了我們的命根子，他越往大裡長，便越像鳳霞，越是像鳳霞，也就越讓我們看了心裡難受。二喜有時看著看著眼淚就掉了出來，我這個做丈人的便勸他：

「鳳霞死了也有些日子了，能忘就忘掉她吧。」

那時苦根有三歲了，這孩子坐在凳子上搖晃著兩條腿，正使勁在聽我們說話，眼睛睜得很圓。二喜歪著腦袋想些什麼，過了一會才說：

「我只有這點想想鳳霞的福分。」

後來我要回村裡去，二喜也要去幹活了，我們一起走了出去。一到外面，二喜就貼著牆壁走起來，歪著腦袋走得飛快，像是怕人認出他來似的，苦根被他拉著，走得跌跌衝衝，身體都斜了。我也不好說他，我知道二喜是沒有了鳳霞才這樣的。鄰居家的人見了便朝二喜喊：

「你走慢點，苦根要跌倒啦。」

二喜嗯了一下，還是飛快地往前走。苦根被他爹拉著，身體歪來歪去，眼睛卻骨碌骨碌地轉來轉去。到了轉彎的地方，我對二喜說：

「二喜，我回去啦。」

二喜這才站住，翹了翹肩膀看我，我對苦根說：

「苦根，我回去啦。」

苦根朝我揮揮手尖聲說：

「你走吧。」

我只要一閒下來就往城裡去，我在家裡待不住，苦根和二喜在城裡，我總覺得城裡才像是我的家，回到村裡孤伶伶一人心裡不踏實。有幾次我把苦根帶到村裡住，苦根倒沒什麼，高興得滿村跑，讓我幫他去捉樹上的麻雀，我說我怎麼捉呀，這孩子手往上指了指說：

「你爬上去。」

我說：「我會摔死的，你不要我的命了？」

他說：「我不要你的命，我要麻雀。」

苦根在村裡過得挺自在，只是苦了二喜，二喜是一天不見苦根就受不了，每天幹完了活，累的人都沒力氣了，還要走十多里路來看苦根，第二天一早起床又進城去幹活了。我想想這樣不是個辦法，往後天黑前就把苦根送回去。家珍一死，我也就沒有了牽掛，到了城裡，二喜說：

「爹，你就住下吧。」

我便在城裡住上幾天。我要是那麼住下去，二喜心裡也願意，他常說家裡有三代人總比兩代人好，可我不能讓二喜養著，我手腳還算利索，能掙錢，我和二喜兩個人掙錢，苦根的日子過起來就闊氣多了。

這樣的日子過到苦根四歲那年，二喜死了。二喜是被兩排水泥板夾死的。幹搬運這活，一不小心就磕破碰傷，可丟了命的只有二喜。徐家的人命都苦。那天二喜他們幾個人往板車上裝水泥板，二喜站在一排水泥板前面，吊車吊起四塊水泥，不知出了什麼差錯，竟然往二喜那邊去了，誰都沒看到二喜在裡面，只聽到他突然大喊一聲：

「苦根。」

二喜的夥伴告訴我，那一聲喊把他們全嚇住了，想不到二喜竟有這麼大的聲音，像是把胸膛都喊破了。他們看到二喜時，我的偏頭女婿已經死了，身體貼在那一排水泥板上，除了腳和腦袋，身上全給擠扁了，連一根完整的骨頭都找不到，血肉跟漿糊似的粘在水泥板上。他們說二喜死的時候脖子突然伸直了，嘴巴張得很大，那是在喊他的兒子。

苦根就在不遠處的池塘旁，往水裡扔石子，他聽到爹臨死前的喊叫，便扭過去叫：

「叫我幹什麼？」

他等了一會，沒聽到爹繼續喊他，便又扔起了石子。直到二喜被送到醫院裡，知道二喜死了，才有人去叫苦根：

「苦根，苦根，你爹死啦。」

苦根不知道死究竟是什麼，他回頭答應了一聲：

「知道啦。」

就再沒理睬人家，繼續往水裡扔石子。

那時候我在田裡，和二喜一起幹活的人跑來告訴我：

「二喜快死啦，在醫院裡，你快去。」

我一聽說二喜出事了被送到醫院裡，馬上就哭了，我對那人喊：

「快把二喜抬出去，不能去醫院。」

那人呆呆看著我，以為我瘋了，我說：

「二喜一進那家醫院，命就難保了。」

有慶、鳳霞都死在那家醫院裡，沒想到二喜到頭來也死在了那裡。你想想，我這輩子三次看到那間躺死人的小屋子，裡面三次躺過我的親人。我老了，受不住這些。去領二喜時，我一見那屋子，就摔在了地上。我是和二喜一樣被抬出那家醫院的。

二喜死後，我便把苦根帶到村裡來住了。離開城裡那天，我把二喜屋裡的用具給了那裡的鄰居，自己挑了幾樣輕便的帶回來。我拉著苦根走時，天快黑了，鄰居家的人都走過來送我，送到街口，他們說：

「以後多回來看看。」

有幾個女的還哭了，她們摸著苦根說：

「這孩子真是命苦。」

苦根不喜歡她們把眼淚掉到他臉上，拉著我的手一個勁地催我：

「走呀，快走呀。」

那時候天冷了，我拉著苦根在街上走，冷風呼呼地往脖子裡灌，越走心裡越冷，想想從前熱熱鬧鬧一家人，到現在只剩下一老一小，我心裡苦得連嘆息都沒有了。可看看苦根，我什麼都強，香火還會往下傳，這日子還得好好過下去。

走到一家麵條店的地方，苦根突然響亮地喊了一聲：

「我不吃麵條。」

我想著自己的心事，沒留意他的話，走到了門口，苦根又喊了：

「我不吃麵條。」

喊完他拉住我的手不走了，我才知道他想吃麵條。這孩子沒爹沒娘了，想吃麵條總該給他吃一碗。我帶他進去坐下，花了九分錢買了一碗小麵，看著他嗤溜嗤溜地吃了下去，他吃得滿頭大汗，出來時舌頭還在嘴唇上舔著，對我說：

「明天再來吃好嗎？」

我點點頭說：「好。」

走了沒多遠，到了一家糖果店前，苦根又拉住了我，他仰著腦袋認真地說：

「本來我還想吃糖，吃過了麵條，我就不吃了。」

我知道他是在變個法子想讓我給他買糖，我手摸到口袋裡，摸到個兩分的，想了想後就去摸了個五分出來，給苦根買了五顆糖。

苦根到了家說是腳疼得厲害，他走了那麼多路，走累了。我讓他在床上躺下，自己去燒些熱水，讓他燙燙腳。燒好了水出來時，苦根睡著了，這孩子把兩隻腳架在牆上，睡得呼呼的。看著他這副樣子，我笑了。腳疼了架在牆上舒服，苦根這麼小就會自己照顧自己了。隨即心裡一酸，他還不知道再也見不著自己的爹了。

這天晚上我睡著後，總覺得心裡悶得發慌，醒來才知道苦根的小屁股全壓在我胸口上了，我把他的屁股移過去。過了沒多久，我剛要入睡時，苦根的屁股一動一動又移到我胸口，我伸手一摸，才知道他尿床了，下面濕了一大塊，難怪他要把屁股往我胸口上壓。我想就讓他壓著吧。

第二天，這孩子想爹了。我在田裡幹活，他坐在田埂上玩，玩著玩著突然問我：

「是你送我回去？還是爹來領我？」

村裡人見了他這模樣，都搖著頭說他可憐，有一個人對他說：

「你不回去了。」

他搖了搖腦袋，認真地說：

「要回去的。」

到了傍晚，苦根看到他爹還沒有來，有些急了，小嘴巴翻上翻下把話說得飛快，我是一句也沒聽懂，我想著他可能是在罵人了，末了，他抬起腦袋說：

「算啦，不來接就不來接，我是小孩認不了路，你送我回去。」

我說：「你爹不會來接你，我也不能送你回去，你爹死了。」

他說：「我知道他死了，天都黑了還不來領我。」

我是那天晚上躺在被窩裡告訴他死是怎麼回事，我說人死了就要被埋掉，活著的人就再也見不到他了。這孩子先是害怕地哆嗦，隨後想到再也見不到二喜，他嗚嗚地哭了，小臉蛋貼在我脖子上，熱乎乎的眼淚在我胸口流，哭著哭著他睡著了。

過了兩天，我想該讓他看看二喜的墳了，就拉著他走到村西，告訴他，哪個墳是他外婆的，哪個是他娘的，還有他舅舅的。我還沒說二喜的墳，苦根伸手指指他爹的墳哭了，他說：

「這是我爹的。」

我和苦根在一起過了半年，村裡包產到戶了，日子過起來也就更難。我家分到一畝半地，我沒法像從前那樣混在村裡人中間幹活，累了還能偷偷懶。現在田裡的活是不停地叫喚我，我不去幹，就誰也不會去替我。

年紀一大，人就不行了，腰是天天都疼，眼睛看不清東西。從前挑一擔菜進城，一口氣便到了城裡，如今是走走歇歇，歇歇走走，天亮前兩個小時我就得動身，要不去晚了菜會賣不出去，我是笨鳥先飛。這下苦了苦根，這孩子總是睡得最香的時候，被我一把拖起來，兩隻手抓住後面的籮筐，跟著我半開半閉著眼睛往城裡走。苦根是個好孩子，到他完全醒了，看我挑著擔子太沉，老是停住歇一會，他就從兩只籮筐裡拿出兩顆菜抱在胸前，走到我前面，還時時回過頭來問我：

「輕些了嗎？」

我心裡高興啊，就說：

「輕多啦。」

說起來苦根才剛滿五歲，他已經是我的好幫手了，我走到哪裡，他就跟到哪裡，和我一起幹活，他連稻子都割了，我花錢請城裡的鐵匠給他打了一把小鐮刀，那天這孩子高興壞了，平日裡帶他進城，一走過二喜家那條胡同，這孩子呼地一下竄進去，找他的小夥伴去玩，我怎麼叫他，他都不答應。那天說是給他打鐮刀，他扯住我的衣服就沒有放開過，和我一起在鐵匠鋪子前站了半晌，進來一個人，他就要指著鐮刀對那人說：

「是苦根的鐮刀。」

他的小夥伴找他去玩，他扭了扭頭得意洋洋地說：

「我現在沒工夫跟你們說話。」

鐮刀打成了，苦根睡覺都想抱著，我不讓，他就說放到床下面。早晨醒來第一件事便是去摸床下的鐮刀。我告訴他鐮刀越使越快，人越勤快就越有力氣，這孩子眨著眼睛看了我很久，突然說：

「鐮刀越快，我力氣也就越大啦。」

苦根總還是小，割稻子自然比我慢多了，他一看到我割得快，便不高興，朝我叫：

「福貴，你慢點。」

村裡人叫我福貴，他也這麼叫，也不叫我外公。我指指自己割下的稻子說：

「這是苦根割的。」

他便高興地笑起來，也指指自己割下的稻子說：

「這是福貴割的。」

苦根年紀小，也就累得快，他時時跑到田埂上躺下睡一會，對我說：

「福貴，鐮刀不快啦。」

他是說自己沒力氣了。他在田埂上躺一會，又站起來神氣活現地看我割稻子，不時叫道：

「福貴，別踩著稻穗啦。」

旁邊田裡的人見了都笑，連隊長也笑了，隊長也和我一樣老了，他還在當隊長，他家人多，分到了五畝地，緊挨著我的地，隊長說：

「這小子眞他娘的能說會道。」

我說：「是鳳霞不會說話欠的。」

這樣的日子苦是苦，累也是累，心裡可是高興，有了苦根，人活著就有勁頭。看著苦根一天一天大起來，我這個做外公的也一天比一天放心。到了傍晚，我們兩個人就坐在門檻上，看著太陽掉下去，田野上紅紅一片閃亮著，聽著村裡人吆喝的聲音，家裡養著的兩隻母雞在我們面前走來走去。苦根和我親熱，兩個人坐在一起，總是有說不完的話。看著兩隻母雞，我常想起我爹在世時說的話，便一遍一遍去對苦根說：

「這兩隻雞養大了變成鵝，鵝養大了變成羊，羊大了又變成牛。我們啊，也就越來越有錢啦。」

苦根聽後格格直笑，這幾句話他全記住了，每次他從雞窩裡掏出雞蛋來時，總要唱著說這幾句話。

雞蛋多了，我們就拿到城裡去賣。我對苦根說：

「錢積夠了我們就去買牛，你就能騎到牛背上去玩了。」

苦根一聽眼睛馬上亮了，他說：

「雞就變成牛啦。」

從那時以後，苦根天天盼著買牛這天的來到，每天早晨他睜開眼睛便要問我：

「福貴，今天買牛嗎？」

有時去城裡賣了雞蛋，我覺得苦根可憐，想給他買幾顆糖吃吃，苦根就會說：

「買一顆就行了，我們還要買牛呢。」

一轉眼苦根到了七歲，這孩子力氣也大多了。這一年到了摘棉花的時候，村裡的廣播說第二天有大雨，我急壞了，我種的一畝半棉花已經熟了，要是雨一淋那就全完蛋。一清早我就把苦根拉到棉花地裡，告訴他今天要摘完，苦根仰著腦袋說：

說：

「福貴，我頭暈。」

我說：「快摘吧，摘完了你就去玩。」

苦根便摘起了棉花，摘了一陣他跑到田埂上躺下，我叫他，叫他別再躺著，苦根說：

「我頭暈。」

我想就讓他躺一會吧，可苦根一躺下便不起來了，我有些生氣，就說：

「苦根，棉花今天不摘完，牛也買不成啦。」

苦根這才站起來，對我說：

「我頭暈得厲害。」

我們一直幹到中午，看看大半畝棉花摘了下來，我放心了許多，就拉著苦根回家去吃飯，一拉苦根的手，我心裡一怔，趕緊去摸他的額頭，苦根的額頭燙得嚇人。我才知道他是真病了，我是老糊塗了，還逼著他幹活。回到家裡，我就讓苦根躺下，村裡人說生薑能治百病，我就給他熬了一碗薑湯，可是家裡沒有糖，想往裡面撒些鹽，又覺得太委屈苦根了，便到村裡人家那裡去要了點糖，我說：

「過些日子買了糖，我再還給你。」

那家人說：「算啦，福貴。」

讓苦根喝了薑湯，我又給他熬了一碗粥，看著他吃下去。我自己也吃了飯，吃完了我還得馬上下地，我對苦根說：

「你睡上一覺會好的。」

走出了屋門，我越想越心疼，便去摘了半鍋新鮮的豆子，回去給苦根煮熟了，裡面放上鹽。把凳子搬到床前，半鍋豆子放在凳上，叫苦根吃。看到有豆子吃，苦根笑了，我走出去時聽到他說：

「你怎麼不吃啊。」

我是傍晚才回到屋裡的，棉花一摘完，我累得人架子都要散了。從田裡到家才一小段路，走到門口我的腿便哆嗦了。我進了屋叫：

「苦根，苦根。」

苦根沒答應，我以爲他是睡著了，到床前一看，苦根歪在床上，嘴半張著能看到裡面有兩顆還沒嚼爛的豆子。一看那嘴，我腦袋裡嗡嗡亂響了，苦根的嘴唇都青了。我使勁搖他，使勁叫他，他的身體晃來晃去，就是不答應我。我慌了，在床上坐下來想了又想，想到苦根會不會是死了，這麼一想我忍不住哭了起來。我再去搖他，他還是不答應，我想他可能眞是死了。我就走到屋外，看到村裡一個年輕人，對他說：

「求你去看看苦根，他像是死了。」

那年輕人看了我半晌，隨後拔腳便往我屋裡跑。他也把苦根搖了又搖，又將耳朵貼到苦根胸口聽了很久，才說：

「聽不到心跳。」

村裡很多人都來了，我求他們都去看看苦根，他們都去搖搖，聽聽，完了對我說：

「死了。」

苦根是吃豆子撐死的，這孩子不是嘴饞，是我家太窮，村裡誰家的孩子都過得比苦根好，就是豆子，苦根也是難得才能吃上。我是老昏了頭，給苦根煮了這麼多豆子，我老得又笨又蠢，害死了苦根。

往後的日子我只能一個人過了，我總想著自己日子也不長了，誰知一過又過了這些年。我還是老樣子，腰還是常常疼，眼睛還是花，我耳朵倒是很靈，村裡人說話，我不看也能知道是誰在說。我是有時候想想傷心，有時候想想又很踏實，家裡人全是我送的葬，全是我親手埋的，到了有一天我腿一伸，也不用擔心誰了。我也想通了，輪到自己死時，安安心心死就是，不用盼著收屍的人，村裡肯定會有人來埋我的，要不我人一臭，那氣味誰也受不了。我不會讓別人白白埋我的，我在枕頭底下壓了十元錢，這十元錢我餓死也不會去動它的，村裡人都知道這十元錢是給替我收屍的那個人，他們也都知道我死後是要和家珍他們埋在一起的。

這輩子想起來也是很快就過來了，過得平平常常，我爹指望我光耀祖宗，他算是看錯人了，我啊，就是這樣的命。年輕時靠著祖上留下的錢風光了一陣子，往後就越過越落魄了，這樣反倒好，看看我身邊的人，龍二和春生，他們也只是風光了一陣子，到頭來命都丟了。做人還是平常點好，掙這個掙那個，掙來掙去賠了自己的命。像我這樣，說起來是越混越沒出息，可壽命長，我認識的人一個挨著一個死去，我還活著。

苦根死後第二年，我買牛的錢湊夠了，看看自己還得活幾年，我覺得牛還是要買的。牛是半個人，牠能替我幹活，閒下來時我也有個伴，心裡悶了就和牠說說話。牽著牠去水邊吃草，就跟拉著個孩子似的。

買牛那天，我把錢揣在懷裡走著去新豐，那裡有個很大的牛市場。路過鄰近一個村莊時，看到曬場上圍著一群人，走過去看看，就看到了這頭牛。牠趴在地上，歪著腦袋吧噠吧噠掉眼淚，旁邊一個赤膊男人蹲在地上霍霍地磨著牛刀，圍著的人在說牛刀從什麼地方刺進去最好。我看到這頭老牛哭得那麼傷心，心裡怪難受的。想想做牛眞是可憐，累死累活替人幹了一輩子，老了，力氣小了，就要被人宰了吃掉。

我不忍心看牠被宰掉，便離開曬場繼續往新豐去。走著走著心裡總放不下這頭牛，牠知道自己要死了，腦袋底下都有一灘眼淚了。我越走心裡越是定不下來，後來一想，乾脆把牠買下來。我趕緊往回走，走到曬場那裡，他們已經綁住了牛腳，我擠上去對那個磨刀的男人說：

「行行好，把這頭牛賣給我吧。」

赤膊男人手指試著刀鋒，看了我好一會才問：

「你說什麼？」

我說：「我要買這牛。」

他咧開嘴嘻嘻笑了，旁邊的人也哄地笑起來，我知道他們都在笑我，我從懷裡抽出錢放到他手裡，說：

「你數一數。」

赤膊男人馬上傻了，他把我看了又看，還搔搔脖子，問我：

「你當真要買？」

我什麼話也不去說，蹲下身子把牛腳上的繩子解了，站起來後拍拍牛的腦袋，這牛還真聰明，知道自己不死了，一下子站起來，也不掉眼淚了。我拉住牯繩對那個男人說：

「你數數錢。」

那人把錢舉到眼前像是看看有多厚，看完他說：

「不數了，你拉走吧。」

我便拉著牛走去，他們在後面亂哄哄地笑，我聽到那個男人說：

「今天合算，今天合算。」

牛是通人性的，我拉著牠往回走時，牠知道是我救了牠的命，身體老往我身上靠，親熱得很，我對牠說：

「你呀，先別這麼高興，我拉你回去是要你幹活，不是把你當爹來養著的。」

我拉著牛回到村裡，村裡人全圍上來看熱鬧，他們都說我老糊塗了，買了這麼一頭老牛回來，有個人說：

「福貴，我看牠年紀比你爹還大。」

會看牛的告訴我，說牠最多只能活兩年三年的，我想兩、三年足夠了，我自己恐怕還活不到這麼久。誰知道我們都活到了今天，村裡人又驚又奇，就是前兩天，還有人說我們是——

「兩個老不死。」

牛到了家，也是我家裡的成員了，該給牠取個名字，想來想去還是覺得叫牠福貴好。定下來叫牠福貴，我左看右看都覺得牠像我，心裡美滋滋的，後來村裡人也開始說我們兩個很像，我嘿嘿笑，心想我早就知道牠像我了。

福貴是好樣的，有時候嘛，也要偷偷懶，可人也常常偷懶，就不要說是牛了。我知道什麼時候該讓牠幹活，什麼時候該讓牠歇一歇。只要我累了，我知道牠也累了，就讓牠歇一會，我歇得來精神了，那牠也該幹活了。

老人說著站了起來，拍拍屁股上的塵土，向池塘旁的老牛喊了一聲，那牛就走過來，走到老人身旁低下了頭，老人把犁扛到肩上，拉著牛的韁繩慢慢走去。

兩個福貴的腳上都沾滿了泥，走去時都微微晃動著身體。我聽到老人對牛說：

「今天有慶、二喜耕一畝，家珍、鳳霞耕了也有七、八分田，苦根還小都耕了半畝。你嘛，耕了多少我就不說了，說出來你會覺得我是要羞你。話還得說回來，你年紀大了，能耕這麼些田也是盡心盡力了。」

老人和牛漸漸遠去，我聽到老人粗啞得令人感動的嗓音在遠處傳來，他的歌聲在空曠的傍晚像風一樣飄揚，老人唱道——

少年去遊蕩，

中年想掘藏，

老年做和尚。

炊煙在農舍的屋頂裊裊升起，在霞光四射的空中分散後消隱了。女人框喝孩子的聲音此起彼伏，一個男人挑著糞桶從我跟前走過，扁擔吱呀吱呀一路響了過去。慢慢地，田野趨向了寧靜，四周出現了模糊，霞光逐漸退去。我知道黃昏正在轉瞬即逝，黑夜從天而降了。我看到廣闊的土地袒露著結實的胸膛，那是召喚的姿態，就像女人召喚她們的兒女，土地召喚著黑夜來臨。

國家圖書館出版品預行編目資料

活著 / 余華作. -- 六版. -- 臺北市 : 麥田, 城邦文化出版 : 家庭傳媒城邦分公司發行, 2020.10
面； 公分. -- (余華作品集 ; 3)
經典珍藏版
ISBN 978-986-344-822-8(精裝)

857.7 109012905

余華作品集 3

活著（經典珍藏版）

作　　著　余華
責任編輯　林秀梅

版　　權　吳玲緯　楊靜
行　　銷　闕志勳　吳宇軒　余一霞
業　　務　李再星　李振東　陳美燕
副總編輯　林秀梅
編輯總監　劉麗真
事業群總經理　謝至平
發行人　何飛鵬

出　　版　麥田出版
台北市南港區昆陽街16號4樓
電話：886-2-25000888　傳真：886-2-25001951
發　　行　英屬蓋曼群島商家庭傳媒股份有限公司城邦分公司
台北市南港區昆陽街16號8樓
客服專線：02-25007718；25007719
24小時傳真專線：02-25001990；25001991
服務時間：週一至週五上午09:30-12:00；下午13:30-17:00
劃撥帳號：19863813　戶名：書虫股份有限公司
讀者服務信箱：service@readingclub.com.tw
城邦網址：http://www.cite.com.tw
麥田部落格：http://ryefield.pixnet.net/blog
麥田出版Facebook：https://www.facebook.com/RyeField.Cite/
香港發行所　城邦（香港）出版集團有限公司
香港九龍九龍城土瓜灣道86號順聯工業大廈6樓A室
電話：852-25086231　傳真：852-25789337
電子信箱：hkcite@biznetvigator.com
馬新發行所　城邦（馬新）出版集團
Cite（M）Sdn. Bhd.（458372U）
41, Jalan Radin Anum, Bandar Baru Seri Petaling,
57000 Kuala Lumpur, Malaysia.
電話：+6(03)-90563833　傳真：+6(03)-90576622
電子信箱：services@cite.my

封面設計　朱疋
印　　刷　前進彩藝有限公司

初版一刷　1994年 5月 1日
六版一刷　2020年10月 1日
六版二十四刷　2024年 8月19日
定價／320元
ISBN：978-986-344-822-8

讀者回函卡

cite城邦媒體

※為提供訂購、行銷、客戶管理或其他合於營業登記項目或章程所定業務需要之目的，家庭傳媒集團（即英屬蓋曼群島商家庭傳媒股份有限公司城邦分公司、城邦文化事業股份有限公司、書虫股份有限公司、墨刻出版股份有限公司、城邦原創股份有限公司），於本集團之營運期間及地區內，將以e-mail、傳真、電話、簡訊、郵寄或其他公告方式利用您提供之資料（資料類別：C001、C002、C003、C011等）。利用對象除本集團外，亦可能包括相關服務的協力機構。如您有依個資法第三條或其他需服務之處，得致電本公司客服中心電話請求協助。相關資料如為非必填項目，不提供亦不影響您的權益。

□ **請勾選：本人已詳閱上述注意事項，並同意麥田出版使用所填資料於限定用途。**

姓名：_______________ **聯絡電話：**_______________

聯絡地址：□□□□□_______________

電子信箱：_______________

身分證字號：_______________（此即您的讀者編號）

生日：____年____月____日 **性別：**□男 □女 □其他__________

職業：□軍警 □公教 □學生 □傳播業 □製造業 □金融業 □資訊業 □銷售業

□其他_______________

教育程度：□碩士及以上 □大學 □專科 □高中 □國中及以下

購買方式：□書店 □郵購 □其他_______________

喜歡閱讀的種類：（可複選）

□文學 □商業 □軍事 □歷史 □旅遊 □藝術 □科學 □推理 □傳記 □生活、勵志

□教育、心理 □其他_______________

您從何處得知本書的消息？（可複選）

□書店 □報章雜誌 □網路 □廣播 □電視 □書訊 □親友 □其他__________

本書優點：（可複選）

□內容符合期待 □文筆流暢 □具實用性 □版面、圖片、字體安排適當

□其他_______________

本書缺點：（可複選）

□內容不符合期待 □文筆欠佳 □內容保守 □版面、圖片、字體安排不易閱讀 □價格偏高

□其他_______________

您對我們的建議：_______________

____